金獅子王の寵愛オメガは笑わない

柚月美慧 著

Illustration
にむまひろ

エクレア文庫

CONTENTS

金獅子王の
寵愛オメガは笑わない ………… 007

書き下ろしショートストーリー
優しい紙飛行機 ………… 239

紙書籍限定
書き下ろしショートストーリー
ピンクの鼻と長い髭 ………… 255

Special Contents ………… 260

あとがき ………… 262

金獅子王の
寵愛オメガは笑わない

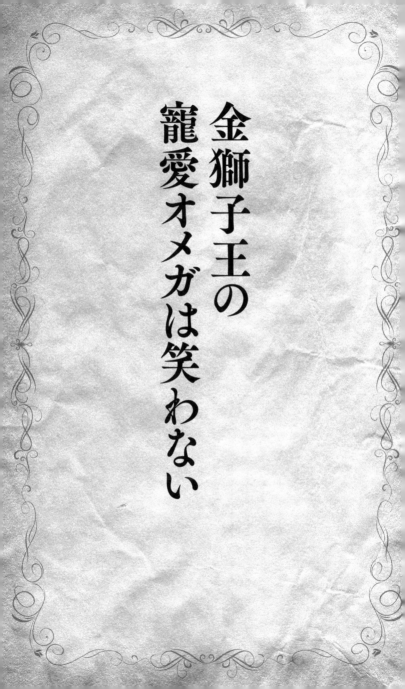

【序章】

「あ……っ」

閉められたカーテンを思わず掴むと、隙間から眩しい陽光が差し込んだ。

「だめ……もう、しつこ……い……」

二人しかいない王城の一室に、官能を帯びた息遣いが響く。

出窓に設けられたベンチに片膝を乗せた格好で、サナは今、金獅子の獣人に背後から責められていた。

「ひゃ……あっ、んん……」

結合した部分から、ぐちゅぐちゅと卑猥な音がする。

細い喉を仰け反らせて、襲い来る悦楽に必死に耐えた。

「相変わらず締まりがいいな……お前の身体は最高だ」

サナの身体を知り尽くしている金獅子は、猛った長大な熱で秘筒の最奥を突き上げた。そうすることで、サナが悦ぶとわかっているからだ。

「あぁっ！　んんっ！」

襟元まで留めた釦がきつい……と、蕩けた頭で思う。

王城に来るまで、サナは動きやすい服ばかり着ていた。

だから華美な装飾がなされた、フロックコートとブラウスなど身につけたことはなかったのだ。

「あ……あぁ……っ！」

細い腰を掴まれ、下半身だけ裸にされた身体を大きく揺すられる。

甘い痺れがゾクゾクと背筋を駆け上がってきた。

「早く……いけよ……ガーシュイン」

背後の金獅子を振り返ると、オッドアイの目元が細められる。

「まだだ。もう少しお前の身体を味わってからな」

「もう……十分、だろ……」

キッと睨めば、さらに愛おしそうに微笑まれた。

「次の大使が来るまで、あと三十分ある」

「それまでずっと……突っ込んでるつもりかよ……っ」

ぎりぎりまで猛りを引き抜かれ、今度は喪失感に身体が震える。

「それもいいな」

「冗談きつ……あぁっ！」

再び最奥を一気に貫かれ、目の前に火花が散った。

かと思えば、今度は嵩の張った部分で、感じる箇所をぐりぐりと抉られる。

「は……っ、あぁ……ん……」

強すぎる快感の連続に、今にも頽《くずお》れてしまいそうだった。しかし大きな手が腰をがっちりと掴んでいるので、身体が崩れることはない。

ぽたり……と、汗とともに唾液が顎から落ちる。

ガーシュインと呼ばれた金獅子は、サナを軽々と抱き上げると、自分がベンチに腰かけて、サナと対面するように座った。

「俺の顔が見える方が、本当は好きなんだろう?」

膝の上に座らされ、美しいオッドアイと視線が絡む。

赤かった頬がさらに赤くなった。

「別に……好きじゃない……」

「サナは本当に素直じゃないいな」

でも、そこが魅力的だ。と笑いながら囁かれ、彼の低くて艶やかな美声に脳髄まで犯された。

「あぁっ……」

軽々と身体を上下に動かされて、激しい抽挿が始まる。

ヒトに比べて、獣人は身の丈が大きい。

その上筋肉量も多いので、成人男性であるサナも、ガーシュインにとっては子ども同然だ。

反射的に太い首に腕を回すと、深く口づけられた。

「ん……」

肉厚で大きな舌が、口内いっぱいに入ってくる。
上顎を舐められ、内頬を擽られて、サナはガーシュインの舌技に溺れそうだった。
時々立派な牙が唇に当たって、それすらも愛しいと思う。
ゴールドブラウンの鬣《たてがみ》を混ぜるように指で梳く。
このふわふわで柔らかな感触が、サナは世界で一番好きだった。
でも、自分たちは恋人同士ではない。
どうしても越えることができない壁があるからだ。
「愛してる、サナ」
「俺は……愛してない」
どんなに想っても、愛していても。
『身分』という壁は、絶対に乗り超えることはできない。

【Ⅰ】

殴りかかってきた獣人の懐に入り、サナ・シュリアーはナックルダスターをつけた拳を、思い切り鳩尾に突き入れた。

「グフ……ッ」

殴られた獣人は腹を抱えて倒れ込み、口から泡を吹いて気絶している。

悪趣味なほど豪華に飾られた会員制高級サロンは、この騒動で熱気を帯びた。

貴婦人たちは扇子で口元を隠し、目線だけこちらに向けてひそひそ話をしている。

貴顕紳士たちはあからさまに騒ぎ立て、サナを称える者までいた。

みな、刺激の強いことを欲しているのだ。

それだけスキャンダルが好きなのか？

それとも贅沢な毎日が退屈なのか？

サナが殴った相手は、下級貴族の獣人だった。

横暴な態度で飲み代を踏み倒そうとしたので、黒服と揉め、このサロンの警備兵として働くサナが呼び出されたのだ。

すると案の定、短気そうな獣人は黒服に殴りかかったので、サナは自分の仕事を全うした。店員と客を守るという仕事を。

倒れた獣人は他の警備兵によって奥の部屋へ連れて行かれ、サナはナックルダスターを制服のポケットにしまった。

きっとこの下級貴族は、もう二度とサロンには来られないだろう。

煌びやかな柱時計に視線を移せば、退勤時間だった。

深夜の二時を回っている。

(リンリンを迎えに行かなきゃ)

高級繁華街にあるこのサロンで働き出して三年。

客が入り始める夕方六時から、一番盛り上がりを見せる深夜二時までが、サナの勤務時間だった。

サロン自体は明け方まで開いているのだが、サナには店や客以上に守らなければならない大事な存在があった。

「それじゃあ、失礼します」

助けた黒服に一声かけて、サナは淡々と帰る支度をする。

警備兵の制服姿だとリンリンが怖がるので、必ず木綿のシャツと濃茶のトラウザーズに着替えた。

サナもこの服装が好きだ。

軽くて、何より動きやすい。

その分、黒い首輪が重く感じる時があるが、サナはオメガなので自衛しなければならない。

好きでもないアルファと、不本意な番《つがい》にならないように。

うなじを噛まれないように、かつて愛した男に貰った首輪を後生大事に着けている。

裏口から店を出ると、春の香りを纏った夜風が頬を撫でた。

しかし、深夜の高級繁華街をこの格好で歩いていると、夜遊びに来た貴族たちに眉を顰められる。

まるで野ネズミでも見るような目だ。

だが、仕方がない。

『アルファ』といわれる獣人が支配するこの世では、ヒトである『ベータ』や『オメガ』は身分が低い。

「愚かなヒトの行いに怒った神が、優れた獣人を遣わせた」という宗教観念が強いため、貴族はみなアルファだけで、ヒトは彼らに使われる身分だ。

だから彼らにしてみれば、ヒトは本当に汚らわしいか、自分たちの世話を焼く小間使いにしか思っていないのだろう。

なかでもオメガは、殊更嫌われている。

強いフェロモンを発し、獣人を惑わせるからだ。

しかしオメガから言わせてもらえば、誰彼構わず惑わせるわけじゃない。

本当に……心の底から愛した獣人に出会わなければ、フェロモンは発せられないのだ。

しかし獣人たちは、すべてオメガがふしだらなのがいけないという。

特に貴族の正妻は、夫がオメガと恋に落ち、側室にすることがよくあるので、嫉妬が凄まじい。

愛する夫を責めることは決してしないのだ。

すべては卑しいフェロモンを発するオメガが悪いのだと、目尻を吊り上げて口にする。

そういう教育を受けた獣人の子どもたちが、将来オメガをどんな目で見るか？　想像に難くないだろう。

「こんばんは、遅くなりました」

勤務先である、高級会員制サロンから徒歩十分。

ヒトだけが住む慎ましやかな住宅街の一角に、深夜でも子どもを預かってくれる託児所があった。

「まあまあ、こんばんは。サナさん。お疲れ様です」

木の扉を開けると、ふっくらとした体形の中年女性が現れ、サナを労ってくれた。この託児所の所長だ。

「リンリンちゃんはよく眠ってますよ。起こしてきましょうか？」

「いいえ、抱いて帰ります。今日も預かってくださり、ありがとうございました」

赤髪の頭を深々と下げると、

「サナさんは相変わらず真面目ねぇ」

と、笑われた。

別にサナはそこまで真面目ではない。

笑ったり笑顔を作ることができないので、感謝の意を伝える時は動作を大げさにしないと伝わりにくいのだ。

着替えなどが入った袋を背負い、ふわふわの毛で覆われた我が子の頭に手を添える。そしてそのまま抱き上げると、「むにゅむにゅ……」とリンリンが何か寝言を言った。

「それじゃあ失礼します」

「気をつけて帰ってね。最近、強盗が頻発してるみたいだから……って言っても、もと兵隊さんのサナさんなら、強盗を一発でやっつけちゃうわね」

コロコロと笑った所長に何と返していいのかわからず、頭だけ下げて託児所を後にした。


サナは、大陸の中央に位置する小国で生まれ育った。

土地も乾き、資源も乏しい貧しい国だ。

しかも、周囲を大国に囲まれていたので、何度も隣国に侵攻された歴史がある。

だから、サナの国は徴兵制が敷かれていた。

母子家庭で、男一人、女六人の七人兄妹の長男だったサナは、家族の生活が少しでも楽になるようにと、十二歳で軍に入った。

入隊していた時のことは、あまり思い出したくない。

ベータもオメガも、体力的な違いはないので、みな平等に厳しく鍛えられた。まるで地獄のような日々だった。

その上サナは、この頃自分がオメガであることを知らなかった。

貧しい家庭に生まれた者は、高額なバース性診断など受けられないので、己のバース性を知らずに生きている。

そして本当に愛する獣に出会って発情した時、自分がオメガだと知ることが大半なのだ。

もし入隊前に自分がオメガだとわかっていたら、獣人相手の高級娼館に身売りしていたかもしれない。それほどサナの実家は貧しかった。

一階が雑貨屋の小さな建物の二階が、サナとリンリンの家だ。

ベッドにリンリンを寝かせると、リビングのランプに明かりを灯し、サナはホッと息を吐く。

途端、気が抜けたのか一気に眠気が押し寄せてきた。

(まだ寝ちゃだめだ……リンリンが持って帰ってきた洗濯物を下洗いしないと)

それに明日の昼に食べる、乾燥豆の処理もしなければならない。

生の豆の方が調理は簡単なのだが、高価で手が出せないので、安い乾燥豆を大量に購入し、味付けを変えたり調理法を工夫して、リンリンが飽きないように毎日食べている。

サナは頭を振って眠気を飛ばすと、託児所から持ち帰ってきた汚れ物を冷たい水で洗った。

そして乾燥豆を水と一緒に鍋に入れると、沸騰させて茹で零し、さらに水に浸す。

ここまでして、やっとサナは身体を拭き、寝間着に着替え、リンリンの隣に入った。

日が昇るまで、あと二時間もないだろう。

けれどもリンリンは日の出とともに起きるので、今日もたいして眠れない。

(だけど、野営地で深夜作戦を一カ月やった時に比べれば、心も身体も数百倍楽だ……)

サナはついつい育児の大変さを、軍隊にいた時の訓練や作戦と比較してしまう。

多感な十二歳から十六歳までを軍隊で過ごしたのだから、仕方がないだろう。

その後、サナは十八歳で出産し、母となり、息子であるリンリンは今年で五歳になる。

だからサナの記憶のほとんどは、軍に所属していた時と、育児に奮闘している日々しかないのだ。

実家にいた時も、忙しい母親に代わって、幼い妹たちの面倒を朝から晩までみていた。よって今とあまり変わらない生活だった。

そんなサナだが、人生で一年間だけ「死んでもいい」と思うほど、情熱的で幸福な時間を過ごしたことがある。

生まれてからずっと灰色だった人生に、鮮明な彩りを与えた一年。

世界はこんなにも鮮やかで、輝いていて、瑞々しいのか！　と感動したのを、昨日のことのように覚えている。

この一年があったから、サナは今でも生きることができる。

どんなに身体が辛くても、経済的に苦しくても。

光り輝いていたあの時間が支えとなって、今の自分を動かしてくれているのだ。


「サナー、おはようなのよー」

ベッド脇の窓から差し込んだ光が、サナの瞼裏を明るく刺激する。

「サナ〜、おきてなの〜！」

ぷにぷにと柔らかな肉球のついた小さな手で、ゆさゆさと身体を揺すられた。

「んー……」

愛らしい声と揺れに目を開けると、鼻がつきそうな近距離に可愛い顔があった。

「おはよう、サナ～」

「……おはよう、リンリン」

月の光を閉じ込めた金色と、青空をそのまま映し込んだ青色のオッドアイが、嬉しそうに細められる。

頭上についた丸い耳を、うしろに流すように撫でてやると、うっとりとリンリンは目を閉じた。長い尻尾も嬉しそうにピンッと立っている。

「あのね、リンリンお腹が空いたの」

「わかった。今すぐ朝ごはんにする」

息子のリンディーは、周囲から愛情を込めてリンリンと呼ばれている。

最初に呼び出したのはサナなのだが、リンディー本人もこの呼び方がしっくりくるようで、自分のことを『リンリン』と呼ぶ。

いつか止めさせなければ……と思いながらも、小学校に上がるまではいいかと息子の愛くるしい横顔を見つめる。

「さぁ、ランランもお着替えするのよ～。今日はお星様のズボンを穿きましょうね」

生まれた時から一緒にいる羊のぬいぐるみのランランに話しかけ、リンリンは今日も朝からごきげんだ。

赤ん坊の頃は寝入りばなも寝起きもよくぐずる子で、サナはどうしていいのかわからず戸惑ってばかりいた。けれども今では、こんなに機嫌のいい子に育った。

サナはベッドから起き上がると台所へ向かった。

パジャマ姿のリンリンもあとを追ってくる。

「リンリン、顔を洗え」

「はーい」

「ランランの顔は洗っちゃだめだぞ。びしょびしょになって可哀そうだからな」

「はーい」

自分と同じことをランランにもさせたがるリンリンは、先日ランランの顔を泡だらけにして大変なことになった。

結局ランランはそのままサナの手によって洗われ、しばらく洗濯物と一緒に干されることとなった。

(子どもが考えることは、本当にわからん……)

幼かった自分の妹たちもそうだが、子どもというのは本当に自由で、奔放で、突拍子もないことを思いつく。

そのせいで手がかかることもたくさんあるが、面白いと思わせてくれる方が多い。そう思ってもサナは笑うことができないのだが。

「サナ～、お顔洗ったの～」

「ちゃんと拭いたか？」

「うん、ちゃんと拭けたのよ～。タオルでごしごしって」

　そう言いながら、ぷるぷるっと顔の毛に着いた水滴を払いながら、リンリンが台所までやってきた。

　申し訳程度にしか拭かれていない顔を、サナはもう一度タオルで拭いてやる。するとくすぐったいのか？　尻尾と髭がひょこひょこと動いた。

　リンリンは父親の血を強く受け継いだ、獣人の姿をしている。

　ヒトと獣人の間に生まれた子は、完全な獣人の姿で生まれることは稀だ。耳と尻尾だけが遺伝し、姿はヒトという『半獣』の容姿で生まれることが多い。

　しかしリンリンは立派な獣人として生まれた。

　父親譲りのオッドアイと、ゴールドブラウンの毛並みを持って。

　身長はまだサナの腰ぐらいまでしかないが、そのうちどんどん大きくなって、将来は見下ろされるのだろうといつも思う。

　子ども用の椅子に座らせ、目の前にトーストしたパンと目玉焼きを置く。

　都心では値の張る牛乳だが、リンリンの成長には欠かせないと、毎日朝と夜に飲ませていた。

　いつものようにテーブルの上にランランを座らせると、リンリンは「あっ！」と声を上げた。

「ランランのご飯も用意しなくちゃ～！」

せっかく座らせた子ども用の椅子を梯子のように伝って降りると、リンリンはままごと用の皿をおもちゃ箱から探し出し、食べ物に見立てた積み木を載せて戻ってきた。

「はい、ランラン。ご飯ですよ～。残しちゃだめだぞ」

言葉の最後だけサナのまねをすると、リンリンは再び子ども用の椅子に登り始め、器用に座面に座った。

五歳にもなると、子ども用の背丈のある椅子に、自分で座れるようになるんだなぁ……とサナは改めて感心してしまう。

こうしてやっと朝食を食べ終え、リンリンの立派な牙を磨いてやると、朝の日課は終わる。

サナの身支度は、リンリンが遊んでいる短い時間にぱぱっと済ませてしまうのもいつものことだった。

「ねぇ、サナ。今日はどこへ行くの？」

床にぺたんと座ったリンリンが、見上げながら訊ねてきた。

「そうだな……」

白いシャツとトラウザーズに着替えると、サナは青空が広がる窓の外に目をやった。

「久しぶりに弁当でも持って、公園に行くか？」

「やったー！　お花いっぱい摘むのよ～！」

赤い木のボタンを縫いつけたシャツに、赤い半ズボンを穿いたリンリンは、尻尾の先をふよふよと揺らしながら、くるくる回って喜んだ。

子どもというのは、身体全体を使って感情を表す生き物だと、常々サナは思う。

昼に食べる予定だった豆でパンケーキを作り、少しのハムとチーズ、そして冷たい紅茶を鞄にしまうと、サナはリンリンと手を繋いで家を出た。

リンリンのリュックからは、星柄のオーバーオールを着たランランが顔を出している。

二人が住むこの街はフィーゴ王国の王都に近いので、自然溢れる王立公園へ行くには乗合馬車を使わないといけない。

リンリンは花や木が好きなので、できれば自然にたくさん触れさせてやりたいのだが、時間も金もかかる遠出はなかなかしてやることができないのだ。

それもまたサナの悩みの一つだった。

自分の子育ては本当に合っているのか？

リンリンが心豊かに育つための教育を、親としてやれているのか？

夜中にサロンで警備兵の仕事をしていても、考えるのはそんなことばかりだ。

馬車に乗ることも好きなリンリンは、さっさと席を陣取ると、靴を脱いで膝立ちになり、窓から外の景色を眺め出した。少し風が強いので、目を細めているが嬉しそうだ。

サナはリンリンが脱いだ靴を揃えて、鞄を膝において隣に腰を下ろす。

一番近い王立公園まで、馬車で片道三十分。

乗合馬車はのんびりした速度でしか進まないので仕方ないが、こんな時は戦場で飛ばした早馬を使いたくなる……子どもが乗るには不向きだが。

「サナー！　お城が見えるのよーっ！」

「そうだな。今日も城は立派だ」

ゆったりと馬車に揺られながら、王城前の広場を通り過ぎる。

今日も広場は多くのヒトで賑わっている。

なかには日傘を差し、侍女を引き連れた獣人貴婦人の姿もあった。

「素敵ね〜。いつかはサナとお城に住んでみたいんだわ」

うっとりとした様子で呟いたリンリンに、サナは微笑ましい気持ちになる。

リンリンの独特な言葉遣いは、託児所にいるハルカという名の保育士から移ったものだ。

ハルカは他国から来たヒトで、フィーゴ王国で使われているソルニア語に不慣れらしい。

よって語尾がおかしなことになっているのだが、リンリンがちょうど言葉を覚える頃に彼が大変よく面倒を見てくれたので、その言葉遣いをまるまる覚えてしまった。

しかしこれも可愛くていいかな？　と思っているので、サナはリンリンが小学校に入るまで自由にさせている。

そして、サナのことを『お母さん』と呼ばないのは、名前で呼ぶように教えたからだ。

まだ人として未熟な自分が、母親になる覚悟ができていなかった……というのもあるが、リンリンとは対等な立場でいたいという気持ちもあったので、サナは自分のことを名前で呼ばせている。

しかし一年後の今頃は、リンリンも小学校に通っているはずだ。

だからそろそろ、ちゃんとした言葉遣いを教えなくてはいけないとも思っている。

「はぁー……」

気づかないうちに、大きなため息をついていた。

「どうしたのん？　サナ。ため息つくと幸せが逃げちゃうのよ？」

「あ……ごめん。大丈夫だ。なんでもない」

不安そうに眉を下げたリンリンの頭を撫でてやる。

思わずため息が漏れてしまった理由は、来年リンリンが小学校に入ると、今利用している託児所が使えなくなるからだ。

二人が住む辺りは家賃が安い住宅街なので、深夜まで働いているサナのような片親が多い。よって託児所はいつも定員いっぱいの状態で、小学校に入った子どもは預かってもらえなくなるのだ。

だからサナは、今年いっぱいで警備兵の仕事を辞めるつもりだ。

しかし、この仕事は融通も利く上、給料も大変良かった。

それなので、リンリンの将来のためにもっと貯金しておきたかったのだが、夜間預かってもらえなくなるのだから仕方がない。

給料は少なくても、昼間の仕事を探さなければ……。

(不安だなんて、絶対に思うな。俺が不安になったら、リンリンも不安になる)

リンリンは感受性豊かな子だ。

だからサナの些細な変化を敏感に感じ取る。

サナが不安で黙り込むと、リンリンにも不安が伝播し、夜中眠れなくなるのだ。

そんな可哀そうな思いはさせたくない。

できるだけリンリンには笑顔で、幸福に満ちた毎日を送ってもらいたい。

片親だからこそ、強くそう思う。

父親がいないからこそ、サナがその分しっかりしなければいけないのだ。

馬車はその後ものんびりと進み、三十分きっかりで王立公園前まで来た。

「お久しぶりの公園ですのーん！」

リンリンははしゃぎながら全速力で駆け出し、その背中をサナは見守る。

もっと小さい頃はよく転んで泣いていたものだが、最近では足取りもしっかりとしてきて、転ぶことが少なくなった。

これが子どもの成長なのだと再び思う。

芝生が広がる広場に来ると、リンリンは飛び上がって喜んだ。

その様子を横目にブランケットを広げて腰を下ろすと、リンリンはすでに木登りを始めていた。

「あんまり高いところに行っちゃダメだぞ」

「はいなのん！」

毎回返事だけは良いが、リンリンはいつも木登りを始めると夢中になりすぎて、自分では下りられないところまで登ってしまう。

最近は知恵もついてきたのか、下りられなくて泣くことも減ってきたが、リンリンが木登りしている間は、目が離せない。

サナは斜め掛けにしていた鞄から冷たい紅茶を取り出すと、一口飲んだ。

そして、獣人の本能なのだろう。パリパリと爪を研ぎながら、木登りを楽しむリンリンを見つめる。


爽やかな風が吹き抜けて、サナの赤い髪を撫でていった。

草木も揺れて、心地よい自然の音色が心を癒してくれる。

やはり広い公園はいいな……と思う。

きっとリンリンもそうなのだろうが、こうした自然の中にいると、日々の生活で荒みそうになる心が清められる。

サナはもう一口紅茶を飲むと、幹に腰掛けて手を振るリンリンに、手を振り返した。

心の中で微笑みながら。


その目付きが生意気だと、酒に酔った客が殴りかかってきた。

サナは後ろで手を組んだまま、身体だけ逸らして拳を避ける。

すると、その態度も生意気だと言って、客の獣人はやみくもに拳を振り回し出した。

(面倒臭い客だな……)

誰か止めに来てくれ……と心の中でぼんやり思っていると、獣人の爪がサナの右頬をかすった。

（痛っ！）

一瞬眉を顰めてまた平静に戻ったが、サナの反射神経の良さも気に入らなかったのか、獣人はサナを「下賤め！」と罵りながら襲い掛かってきた。

これはもう正当防衛と判断されるだろうと、サナは振り上げられた腕を掴むと、そのまま背後に回り込み、獣人を床にねじ伏せた。

「くそっ！　離せ！　野ネズミがっ！」

普段は大学で教鞭を振るっているという貴顕も、酒に呑まれてしまえばごろつきと変わらない。

サナは呆れながら、いつの間にかできていた人だかりの真ん中でため息をついた。

こんなことは日常茶飯事なのだが、警備のために目を光らせているのに、目付きが気に入らないと言われては、こちらの仕事も成り立たない。

（いや、笑うことができたら少しは違うのか？）

暴れる獣人をなおも押さえつけていると、連れの女性と従者が現れ、獣人を店の外へと連れて行ってくれた。

「またのお越しをお待ちしております」

嫌味臭くならないよう頭をさげて見送ると、黒服に肩を叩かれた。頬から血が出ていると。

「あ……」

「顔を洗ってきなさい」

促されて、サナは従業員用化粧室で血を洗い流した。

すると五センチほどの切り傷ができていたが、もう血が出ることもなかったので、そのまま定時まで仕事を続けた。

――午前二時。

制服から私服に着替えると、サナは夜の香りがする街に出た。

何気なく空を見上げると、月が綺麗だった。

こんな夜は無性に心が急いて仕方がないのだと、昔一緒にいた獣人の言葉を思い出す。

「吠えたくなるのか？」

真顔で訊ねると、笑いながら否定された。

「そうじゃない。お前を愛したくて、仕方なくなるんだ」

そう言って彼は、大事な宝物のようにサナを抱いてくれた。

その時の彼の熱い手のひらを思い出すと身体が疼いたが、サナは頭を振って疼きを忘れると託児所の扉をノックした。

「はいですのん！」

笑顔で扉を開けてくれたのは、リンリンに言葉を教えてくれたハルカだった。

ミルクティー色の巻き毛をふわふわと跳ねさせながら、彼は今日も愛らしい顔に明るい笑みを浮かべている。ハルカがいるだけで、その場がパッと明るくなるような気がした。

「こんばんは」

お世話になってますと頭を下げると、ハルカも深くお辞儀をしてくれた。

「お仕事お疲れサマンサでしたのん。リンリンちゃんは寝てるんだわ。起こした方がよろしいかしらん？」

「いえ、抱いて帰ります」

いつものやり取りをして、サナがリンリンを胸に抱いて帰ろうとした時だった。

「お待ちくださいませなのん！」

突然ハルカが立ちふさがり、難しい顔でサナを見つめた。

「？」

彼の表情に首を傾げると、ハルカはサササッと手を動かし、サナの頬にぺたりとガーゼを貼ってくれた。

「警備兵っていうのは大変なお仕事だって思いますけど、どうぞ怪我にはお気をつけくださいませませ」

リンリンちゃんのためにも……とつけ加えられて、サナはハッとした。

ずっと一人で生きてきたサナは、自分の身に何が起きても、冷静に受け流してしまう癖がある。

戦場で多くのヒトが亡くなるのを、見てきたこともあるだろう。

自分の痛みや恐怖に鈍感なところがあるのだ。

しかし、自分はもう一人ではない。

大事な息子のリンリンがいる。

自分のこともリンリンと同じように大事にしろと、ハルカは今教えてくれたのだ。

「ありがとうございます」

感謝の気持ちで頭を下げると、ハルカはにっこりと微笑んでくれた。

「どういたしましてなのん」

託児所を出て空を見れば、まだ月は輝いていた。

「俺の美しいルビー、自分をもっと大切にしてくれ」

かつて一緒にいた獣人もそう言っていた。

いつも刹那的な生き方をしていたサナに、もっと自分を愛しなさいと。

もっと自分を大事にしなさいと、よく言われたものだ。

「ごめんな、ガーシュイン。忘れてたよ」

呟いて、サナは深夜の街を歩き出した。

肩口からは、幸せそうなリンリンの寝息が聞こえていた。


週に三日、サナには休みがある。

サロンの定休日である日曜日と月曜日。

そして週の真ん中、木曜日。

木曜日に休みを申請したのは、他でもない。

リンリンの体調を考えてのことだった。

小さな身体にまだ無理はさせたくないと、託児所に預けるのは二日連続にとどめている。

そして、休みの日に必ずシュリアー家にやってくる獣人がいた。

午前六時。

ねだられて渡した合鍵で、彼は家に入ってくる。

「サナ、起きてたの？」

「あぁ、朝飯作らないと」

「そんなの僕がやるよ。サナは寝てて。疲れてるでしょ？」

台所で豆のスープを作っていると、隣に立った背の高い彼は、すっとサナのお玉を取り上げた。

「疲れてないし、これぐらいできる。お玉を返せ、カルム」

「嘘。目の下にクマができてるよ。それになに？　その傷！　ちょっとよく見せて！」

「んっ！」

カルムと呼ばれた獣人は、肉球のついた大きな両手で、サナの顔を挟んだ。

そして昨日つけられた爪痕を凝視すると、大きくため息をつく。

「もう、警備兵なんて危ない仕事はやめてよ。王都にあるケーキ屋さんで働かせてもらえばいい。あそこなら知り合いもいるし、紹介できるよ」

「ケーキ屋でケーキを売るぐらいじゃ、子どもは養っていけないんだよ」

苦労知らずなカルムは、考えが甘い。

しかし、それがまた彼の優しさやおおらかさに繋がっているのだと思えば、一概に悪いともいえない。

今年二十一歳になった貴族の彼は、ヒトばかりが住むこの住宅街には不似合いな人物だ。なにせ父親は王立科学研究所の所長という、やんごとなき家系の長男で、優秀な成績で今秋王立大学を卒業予定だ。

目尻の垂れた甘く端正な顔に、穏やかで優しい声をした彼は、ご婦人たちから人気が高く、社交界ではちょっとした人気者だった。

初めてサナと会った時も、彼は困った顔でご婦人からのダンスの誘いを断っていた。「踊りは苦手なんです」と。

二年前の夏。

その日がサロンデビューだったというカルムは、友人たちから勧められた酒を飲みすぎ、中庭のベンチで寝ていたところをサナに介抱された。

サナはサロンの治安を守るという、警備兵の仕事を遂行しただけだったのだが、それをひどく感謝され、しまいには懐かれてしまった。

ヒトに懐くなんて珍しい獣人だと、怪訝に思って邪険に扱った時期もあったが、あまりにも真摯な態度でサナに接し、リンリンの面倒もよく見てくれるので、いつの間にかサナとリンリンとカルムの三人でいる時間が増えた。

カルムの琥珀色の瞳が、サナのエメラルドグリーンの瞳をじっと見つめる。

(ヤバい……か?)

そう思ったが、自分の思い過ごしかもしれないと、サナはじっと彼を見つめ返した。

するとその視線に甘さがふっと混じり、ゆっくりと彼の顔が近づいてきた。

サナはその先のことを察して、唇が触れる寸前で顔を逸らした。

そしてカルムの手からお玉を取り返すと、何事もなかったようにスープ作りに戻る。

「――ねぇ、サナ。あの話、考えてくれた？」

背後から不安そうな声が聞こえてきて、あえてサナは平静を装った。

「あの話って？」

豆の良い香りがする台所に、サナの言葉が淡々と響く。

「だから。僕が大学を卒業したら、結婚してほしいっていう話」

「…………」

実はサナは、先月カルムからプロポーズを受けていた。

リンリンと三人で、王都に来ていた移動遊園地へ遊びに行った時だ。

その日は天気も良く、リンリンはカルムに肩車をしてもらって上機嫌だった。

入園とともに綿あめを買って、それから三人で観覧車に乗った。射的も楽しんだ。ふわふわと浮かぶ風船も買った。

しかし、リンリンが一番楽しそうにしていたのは、回転木馬だった。

幾重にも重なるオルゴールの音色とともに回転する木馬はとても美しく、リンリンは「はわぁー……」と感嘆の声を上げて、目をキラキラと輝かせていた。

通常、ヒトには入場券など手に入らない。

けれども獣人貴族であるカルムが、サナとリンリンのために入場券を用意してくれたのだ。

「サナ〜！　カルム〜！」

回転木馬に乗り、リンリンはご機嫌で手を振っていた。

その姿は、さながら小さな騎士のようだ。

我が子ながら、サナは世界で一番リンリンが可愛い！　と、必死に手を振り返した。

こんなにも楽しい気持ちになったのは、久しぶりだった。

そしてカルムにも感謝した。

移動遊園地にリンリンを連れてくることができて、本当に良かった。

これも全部、カルムのおかげだと。

その思いを言葉にすると、カルムは穏やかに微笑んでくれた。

「サナとリンリンのためだったら、僕はなんだってするよ」

「えっ？」

彼にしては、決意の滲んだ男らしい言葉だった。

そしてカルムは続けたのだ。「僕は本気だよ」と。

「サナが僕のお嫁さんになってくれたら、いつでもリンリンが回転木馬に乗れるよう、庭に遊園地を作るから」

「？」

冗談だと思って、「それには相当な広さの庭が必要だな」と返した。

するとカルムは、そうだね……と笑みながら頷いた。

「だから住まいはちょっと郊外になっちゃうけど。でも、サナとリンリンには専用の馬車も用意するから、不便はかけさせないよ」

それからカルムは結婚式の時期や場所。卒業後の自分の就職先や役職。しまいには二人の間にも子どもがほしいと言われて、思いっきりサナは首を傾げた。

「好きだ、サナ。愛してる」

一点の曇りもない瞳で告白され、不覚にもどきりとしてしまった。

「だから僕と結婚してください。僕は可愛いリンリンの父親になりたいと思う」

この告白の日から、カルムは積極的にサナに迫ってくるようになった。

愛の言葉を囁いたり、隙さえあれば先ほどのように唇を奪いに来る。

そう簡単にキスさせるほどサナは鈍くないが、この状況には日々頭を痛めていた。

「あっ！　カルム！　おはようございますなの〜！」

「おはようございます、リンリン。今日もご機嫌だね」

「リンリンはいつでもご機嫌さんなんだわぁ」

パジャマ姿で寝室から出てきたリンリンは、カルムにぎゅっと抱きついた。

そして高い高いをしてもらい、キャッキャと嬉しそうに笑い声を上げる。

この光景に、サナは複雑な心境になった。

もし、カルムのことをなんとも思ってないのなら、さっさと縁を切ればいい。

合鍵を取り上げ、二度と目の前に現れるな！　と言えばいい。

しかし、リンリンはカルムが大好きだ。

片親である心の寂しさを埋めるように、リンリンはカルムに甘えているところがある。

そんな不憫な思いをリンリンにさせているのは、自分のせいだとサナは己を責めた。

だからカルムに強く出られない。

大事な息子の寂しさを埋めてくれる存在を、邪険になどできるものか。

(情というのは、こういう時に邪魔をする)

そう思いながら、サナは仲睦まじいカルムとリンリンを見つめた。

コトコトと豆のスープが鍋の中で踊っている。

何も事情を知らない者から見れば、今の自分たちは仲の良い家族に見えるのだろうか。

(なぁ、ガーシュイン。俺はどうすればいいと思う?)

心の中で、かつて愛した獣人に問いかけることが癖になっていたサナは、皮肉なものだと思った。

誰よりも愛した男に、次に誰を好きになればいいのか問いかけるなんて……愚か以外の何物でもない。

【Ⅱ】

「明日は大学が休みなんだ」

そう言って、カルムが家にやってきたのは、サナが出勤する間際だった。

「それはよかったな」

制服用のシャツを鞄に詰め、出勤支度に忙しいサナのあとを追うように、カルムが話しかけてくる。

「うん。だからさ、今夜サナの家に泊まってもいい?」

「またうちに泊まるのか?」

呆れ気味に眉を寄せると、カルムは笑顔で頷いた。

「いいじゃない。僕が家にいれば、リンリンを託児所に預けなくてすむんだし」

「それは、そうなんだが……」

砂遊びに出かけ、そのまま着替えもすんでいないリンリンが、満面の笑みでカルムの足に抱きついた。

「カルム、今日はリンリンのおうちにお泊まりするのん?」

泥だらけのリンリンに嫌な顔一つせず、カルムはしゃがみ込んで目線を合わせると、にっこりと微笑んだ。

「そうだよ。今夜は牛すね肉のシチューを食べよう。デザートのケーキも買ってきたよ」

「はわぁ〜！　嬉しいですのーん！　リンリンね、ケーキが大好きですのよ」

「知ってるよ。ねぇ、だからいいだろう？　サナ」

「……仕方がないな」

サナは大きくため息をつくと、彼の宿泊を許した。

獣人貴族である彼が、ヒトの家に出入りしていると外聞も悪いだろうに、カルムはそんなことは気にしないらしい。

そういうおおらかさは尊敬に値するが、裏を返せば少し世間知らずというか……まだまだ若いのだなと、二つしか違わないサナは思う。

しかしカルムは家に泊まっても、決してサナと寝所を一緒にしようとはしない。

プロポーズされてからも何度も泊まっているが、むしろその点は意識して気をつけているようで、サナも安心している。

まぁ、万が一カルムが襲ってきたとしたら、股間を思い切り蹴り上げるだけなのだが。

サナはカルムにリンリンを預け、いつもの時間に家を出た。

そして託児所に寄ると、対応してくれたハルカに「今日は子守りがいるので、リンリンは休みます」と伝えた。

するとハルカはニコニコと、

「もしかして、あの獣人貴族のお兄さんですのん？」

と、聞いてきた。

確かに、サナが発情期で動けない時に、何度かカルムがリンリンを託児所に送り迎えしてくれたことがある。だからハルカともカルムは面識があるのだろう。

「そうです。あいつです」

サナが素直に答えると、ハルカはキャーッと恥じらうように身体をくねらせた。

「この間、リンリンちゃんのことを『婚約者の子どもです』って言ってましたのん！　サナさん、おめでとうございますですのん！」

「あ……いや、それは違います」

カルムが先走ったことを口にしてくれたおかげで、サナはハルカの誤解を解く羽目になってしまった。

こうしていつもより遅くサロンに着いたサナは、急いで制服に着替えると姿見で確認し、制帽を目深に被った。

少しでも童顔を隠すためだ。

午後五時。

サロンのシャンデリアすべてに光が灯ると、獣人貴族の紳士淑女がぞくぞくと馬車で乗りつけてきた。

サナは胸に手を当てて頭を下げながら、怪しい人物が入り込んでいないか確認する。

これはもう勘なのだが、サナはただの酔っぱらいか、それとも本当の荒くれ者かを見極めることができる。

戦場の最前線にいた時、ヒトが狂気でおかしくなる姿を何度も見てきたし、本当の悪人という者にも接してきた。

だから、相手の目を見れば大体わかる。

善人か、そうでないか……が。

サロンの華やかさとともに夜は更けてゆき、あと一時間ほどで終業時刻となった頃だった。

エントランス付近で黒服が揉める声が聞こえ、女性の小さな悲鳴が上がった。

かと思った瞬間、ドンッと大きな音がして、仲間の警備兵が壁に叩きつけられるのが見えた。

これに緊張が走り、恐怖が広がり、貴族たちが騒ぎ出した。

「落ち着いてください。裏口から外に出られます！」

尋常じゃないことが起きたと察したサナは、ダンスホールにいた貴族たちを通用口へと誘導した。

その時、見るからに荒くれ者風情の獣人たちが、群れを成してこちらへやってきた。

獣人であっても、全員が全員貴族なわけではない。

中には様々な理由があって、まっとうな道を踏み外し、極道な世界を生きる者もいる。

「ここにサナ・シュリアーはいるか？」

リーダー格なのだろう、右目に大きな傷のある獣人が誰となく問うた。

「もう一度訊く！　ここにサナ・シュリアーはいるか！　いないのか！」

ヒトよりも力が数倍強く、背丈も大きい獣人たちが、ヒトの警備兵を差し置いて我先にと逃げていった。

物が落ち、悲鳴が聞こえ、サロンは騒然となる。

しかし、サナはこの様子に動じない。

逃げることより、戦うことを先に考える。

これは戦場で叩き込まれた感覚だった。

とにかく今は、最前線で自分が戦わなければいけないのだ。

「そこの赤毛、名を何という？」

あらかた貴族を避難させた後、サナは傷の獣人の目の前に立った。

「サナ・シュリアー。お前たちが捜しているのはこの俺だ」

「ほう？　小さい割にはなかなかの面構えだ。お前、オメガだそうじゃないか？　俺の色になる気はないか？」

ニヤリと口角を上げた傷の獣人に、サナはきっぱり吐き捨てた。

「断る」

「なら、殺すまでだ。恨むなよ、俺たちも仕事でやってるんだからな」

(俺がオメガであることを知っている？　しかも命を狙うのはなぜだ？)

この状況を不可解に思いながらも、サナは獣人たちの隙を突いて、ダンスホールの窓から外へと飛び出した。

二階の窓から階下の芝生に着地し、サナは夜の庭を駆け抜けた。

サロンのダンスホールは、獣人相手に戦うには狭すぎた。

それに自分の職場を、相手の血で汚したくはない。

装飾が施された柵を飛び超え、サナはサロンの前に広がる広場で、敵を迎え撃つ。

追いついた獣人たちは、明らかに苛立っていた。

サナは腰から剣を抜き、すっと相手に切っ先を向ける。

月の光を受けて、それはギラリと怪しく光った。

「やれ！」

傷の獣人の咆哮とともに、下っ端の獣人が幾人と襲い掛かってきた。

たとえ剣を握っていたとしても、体格差のある獣人を仕留めるのは難しい。

しかし相手の数と自分の体力の限界を考えれば、一撃で急所を仕留めるしかなかった。

サナは、一番最初に飛び掛かってきた獣人の喉元を、迷いなく刃先で捕らえた。

そのまま力を一点に集中させ、勢いよく横に引く。

「ぐっ……ふ……」

鮮血が飛び散り、サナを赤く濡らしながら獣人は膝から頽《くずお》れた。

この様子に他の獣人たちが動きを止めた。

明らかに怯んだ様子に「殺せ！」という号令がかかり、獣人たちは再び襲い掛かってくる。

(何人いる?)

攻撃を躱しながらも、サナは敵の人数を把握した。

十一人。

自分が殺した相手も含めれば、十二人だ。

(一人で獣人を十人以上相手するのは、しんどい……)

戦場では、二十人以上の獣人を相手に大立ち回りをしたこともあるが、翌日さすがに腕に力が入らなかった。

殺すなら、ヒトの方が数倍楽だ。

サナはそんなことを考えながら、獣人が振りかざしてくる剣や斧を避けていく。

(いきがってるだけで、こいつら全員ずぶの素人だな)

無茶苦茶に振り回されるそれらに、サナは相手の力量を察し、命まで奪うことはやめた。

その代わり確実に動けなくなるよう、体勢を低くして、腱や脛、関節を狙って剣を突き立てていく。

「ぎゃー!」

「うおぉ……」

そこら中に呻く獣人たちが蹲る。

横になったまま、立ち上がることができない獣人もいた。

気づけば、あとは目元に傷のある獣人だけとなっていた。

「おいおい……こんなに腕の立つガキだなんて、聞いてねぇぞ」

薄ら笑いを浮かべると、傷の獣人は両腰から二本の剣を抜いた。

(二刀流の獣人とは珍しい)

上がった息を整えながら、サナは両手で柄を握り直した。

返り血のぬるつきが気になったが、傷の獣人はこれまでの獣人と違い、かなり戦い慣れているようだった。

だから一瞬でも隙を見せたなら、すぐに切りかかられそうで、サナは血で濡れた手を拭くこともできなかったのだ。

ぶおん……と風の音を立てて、二本の剣がサナに襲い掛かる。

それを頭上で間一髪受け止める。

しかし、警備用に支給された安い剣はしなりが利かず、パキンッと音を立てて折れた。

「くそっ!」

身を翻し、サナは傷の獣人から距離を取る。

落ちていた斧を手に取り、狙いを定めて投げつけたが、それを躱された。

その間に剣を拾い上げ、再び構えるが、傷の獣人の方が早かった。

(ヤバい!)

もう数センチで喉元を突かれる! と思った時だった。

傷の獣人は急に動きを止め、その場にどおっと倒れ込んだ。

驚いてその先を見ると、紺碧の制服に身を包んだ獣人が、馬上から太い槍を突き立てていた。

「お怪我はありませんか！　サナ様！」

息急き切らして馬上の獣人が叫んだ。

その後から何十という兵士が、馬に乗って駆けつけてくる。

「あ……あんたたちは誰だ？」

驚いて目を瞬かせると、「申し遅れました」と馬上の獣人が表情を和らげた。

「私は、セルディンティーナ王国の騎士団長を務めさせていただいております、ロイ・バーンズと申します」

ロイは馬から降りると、サナの前に片膝をついた。

「サナ・シュリアー様、お迎えが遅くなり大変申し訳ありませんでした。さぁ、我らと一緒に参りましょう」

「……参るってどこに？」

嫌な予感がして、サナはごくりと唾を飲んだ。

「我が国王、ガーシュイン・アル・セルドバルト様のもとへ」

＊　＊　＊

サナを襲った賊の正体を、彼らは掴んでいた。

「奴らは、ボルモワール様が雇った一味でございます」

ロイが手綱を握る馬の後ろに乗り、サナは眉間に皺を寄せた。

「ボルモワールって誰だ？」

怪訝な問いに、「身内の恥で恐縮ですが……」と前置きしてからロイが答えた。

「ガーシュイン様の……国王様の叔父上にあたる方でございます」

「ガーシュインの叔父？　なんでそんな奴が俺を狙ったんだ？」

「それは国王様が、ずっと探していたサナ様を見つけたからでございます」

「ずっと……探してた？」

「はい」

ロイは、六年間ガーシュインがサナを探していたこと。そしてサナに子どもがいること。その子どもが自分の子どもであると、ガーシュインが確信していることを教えてくれた。

「先日国境警備兵から、このフィーゴ国にサナ様とリンディー様が住んでいらっしゃると情報が入りました。小さな獣人の子どもを連れた、サナ様と特徴がよく似た人物が、王都の移動遊園地にいたと」

「あの時か……」

このもたらしに、ガーシュインはすぐに出立しようとしたという。

「ですが我々よりも一足早く、ボルモワール様の手下がフィーゴ王国へ向かったことを知りました」

「手下が？」

「そうです」

その理由は、ただ一つ。

サナと、王位継承権第一位であるリンディーを殺すためだ。

「サナ様のお子様であるリンディー様が生まれるまで、前国王の弟君であるボルモワール様が、王位継承権第一位でした。ガーシュイン様が二十三歳で国王様になられた後も、ボルモワール様は国王様になることを諦めてはいらっしゃいませんでした」

ただでさえガーシュインが国王となり悔しく思っていたところ、隠し子まで見つかり、ボルモワールはリンリンの暗殺を企てたという。

「それじゃあ、自宅にいるリンリンが危ない！」

ハッとしてサナが叫ぶと、ロイは大きく頷いた。

「はい、すでに兵士をご自宅に配備しております。ですが油断はできません！　急ぎましょう！」

ロイはそう言うと、さらに馬の速度を上げた。

風のように馬は街を駆け抜け、あっという間に自宅の前に到着した。

馬から飛び降り、サナは二階の自宅へと駆け出す。

しかし、そこはいつもと様子が違っていた。

紺碧の制服を着たセルディンティーナ王国の兵士が、ぐるりと取り囲んでいたのだ。

「あの馬車は？」

家の前に停められた二台の豪奢な馬車を警戒すると、ロイは「もう到着されたのですね」と安心したように口にした。

「あの馬車に乗っておられたのは……」

説明が始まったのと同時に自宅の扉を開けると、狭いリビングは多くの獣人で埋め尽くされていた。

「あ……あんたたちは誰だ？」

そこには戸惑うカルムを始め、侍女らしきドレスを着た獣人女性が四人、兵士が五人、そしてリビングのソファーに座り、リンリンと楽しそうに手遊びをしている可憐な獣人女性がいた。

「あら、あなたがサナね。おかえりなさい」

桃色のドレスを着た品位溢れる彼女は、にっこりと微笑み、そのあと「まぁ！」と声を上げた。

「どうしてあなたはそんなに血だらけなの？　どこか怪我でもされているの？」

「い、いや、これは俺の血ではないので……ご安心ください」

駆け寄ってきた彼女に両手を握られ、サナはひどく心配された。

しかし、もっと驚いたのはリンリンのようだった。

大好きな母親がやっと帰ってきたと思ったら、怖い警備兵姿で、全身に返り血を浴びていたのだから。

「ふ……ふぇ……サナァ……」

この様子に、リンリンは大きな瞳に涙を溜め、今にも泣き出しそうになっていた。

「だ、大丈夫だ！　リンリン、泣くな！　今、着替えてくる！」

そう言って風呂に飛び込むと、サナは全身の血を洗い流し、普段着に着替え、急いでリビングへ戻った。

するとリンリンは、桃色のドレスの女性にもう懐いたのか？　泣きべそをかきながら、膝の上に抱かれていた。

「大丈夫よ、リンリン。どんなことがあっても、私たちがあなたを守るわ」

ポンポンと背中を叩かれながら唄うように慰められて、リンリンは今にも眠ってしまいそうだった。

「サナ、これは一体どういうことなんだ？」

未だ困惑顔のカルムに、どう説明しようかとサナは頭を捻った。

自分だってこの状況がまだ呑み込めていないのだ。

ただ、セルディンティーナ王国の兵士が自宅を守ってくれたことで、リンリンの命は助かったということだけはわかった。

「こちらの方は？」

ロイの問いに、サナはカルムを紹介した。

「フィーゴ王国の王立科学研究所所長の御子息、カルム・シャローン殿だ。信頼できる人物なので、ご安心を」

「そうですか」

ロイは自分がセルディンティーナ王国の騎士隊長であることを伝えると、カルムに頭を下げた。

つられるようにしてカルムも頭を下げていたが、やはり表情は戸惑ったままだ。

「どうしてサナの家に、セルディンティーナ王国の兵士と、貴族女性が押しかけてきたんだ？」

確かにそうだ。

サナは侍女を四人も引き連れ、我が家へ馬車で乗りつけた彼女の存在だけがわからなかった。

「あら、自己紹介が遅れましたわね」

サナとカルムの視線を受けて、桃色のドレスの彼女がこちらを振り向いた。

「私の名はニーナ・アン・セルドバルトと申します。セルディンティーナ王国国王のガーシュイン・アル・セルドバルトの妹です。腹違いですけど」

「ガーシュインの……妹？」

目を瞬かせて驚いたサナに、ニーナは「はい」と笑顔で返事をした。

「本来なら、この場には兄がいるべきなのですが……兄は今、セルディンティーナ王国内で、サナとリンリンに危害を加えようとしている者たちを粛清しております。ですので、妹の私が代わりにお迎えに上がりました」

ニーナは再び微笑むと、またリンリンの背中を優しく叩き出した。彼女は小さな子どもの扱いに慣れているようだった。

「――サナ、僕はますます話がわからなくなってきたんだけど……」

頭を抱えて、カルムはとうとうしゃがみ込んでしまった。

その様子を眺めながら、謎がすべて解けたサナは、年貢の納め時だな……と思いながら口を開いた。

「今まで黙っていて悪かったが、リンリンはその……セルディンティィーナ王国国王の……ガーシュインの子どもなんだ」

「今、なんて？」

琥珀色の目を見開いて、カルムがバッと顔を上げた。

サナはこれまで誰にも話してこなかった秘密を、カルムとニーナ、そしてセルディンティィーナ王国の兵士たちに聞かせた。

「もう七年前になるが……俺は学術都市シントガイナにある、ヘルセーナ大学で警備兵として働いていたんだ。その時、ヘルセーナ大学に留学していた五歳年上のガーシュインと、一年間だけ付き合っていた。リンリンは……その時に妊娠した子だ」

「じゃあ、リンリンは国王の子なのか？」

「そういうことになる」

「そんな……セルディンティィーナ王国っていったら、フィーゴ王国の三倍以上の国土と軍事力を誇る大国だよ？　そんな大きな国の国王の子どもだなんて……そんな……」

立ち上がりはしたものの、カルムはよほど動揺しているのか？　テーブルに手を付いて、深呼吸を繰り返していた。

「リンリンの父親が誰なのか、ずっと気になってたけど……サナは話したくなさそうだったし、父親が誰でも関係なかったから訊かなかった……けど、まさか国王の御落胤《ごらくいん》だなんて」

「――それで……サナはどうして、突然お兄様の前からいなくなったの？」

静かに話を聞いていたニーナの問いに、サナは当時の胸の痛みを強く思い出した。

「すまないが、今はその質問に答えたくない」

一つ息を吐いてサナが言うと、侍女たちは何か言いたそうな様子だったが、ニーナは素直に納得してくれた。

「そうですわね。この質問の答えは、私ではなくお兄様が聞くべきものですわ」

部屋に沈黙が落ち、しばらく誰もが黙ったままだった。

するとむにゃむにゃ……とリンリンが目を擦りながら、眠りから覚めた。

「……ニーナ、リンリンお腹が空きましたのん」

この騒動ですっかり時間の感覚がなくなっていたが、窓の外はもう明るくなっていた。

「あらあら、それは大変！　侍女に今すぐ何か作らせますわね」

「あのね！　リンリン、お豆を潰して作ったパンケーキが大好きですのん！」

「まぁ、お豆のパンケーキ？　食べたことがないけど美味しそうね」

彼女ほどの身分の者は、豆のパンケーキなど見たこともないだろう。普通、パンケーキは小麦粉で作るものだ。

しかし質素な家庭で育ったリンリンは、小麦粉のパンケーキを知らない。

それをサナは不憫だと痛感してしまった。

申し訳ないと。

自分にもっと学があれば、リンリンに良い生活をさせてあげられたのに……と。

打ちひしがれながらも、リンリンのために朝食を作ろうと台所に立った時だ。

「王妃様にそのようなことはさせられません」

侍女の一人が、サナの手からフライパンと豆の袋を取り上げた。

「私がご朝食をご用意いたしますので、王妃様もお座りになってお待ちくださいませ」

「……お、王妃様？」

この響きに、サナはやっと現実を理解した。

なぜ自分たちの命が狙われたのか？

そしてなぜ、ガーシュインの妹がここにいるのか？

謎はすべて解けたが、サナは現実を理解しきっていなかった。

リンリンは王位継承権第一位の存在だ。

セルディンティーナ王国の大事な王太子なのだ。

ずっと探していた王太子を見つけて、ニーナやロイたちが大人しく帰るわけがない。

「ねぇ、リンリン。私は朝ご飯を食べ終わったら、お家へ帰らなければならないの」

この言葉に、リンリンがこてんと首を傾げるのが見えた。

「ニーナのお家どこにあるんですのん？」

「ここからちょっと遠いのだけど、セルディンティーナという王国よ。四季もあって海も見えて、食べ物も美味しくてとてもいいところよ。もしよかったら、リンリンも一緒に行かない？」

「ニーナのお家に行ったら、毎日ニーナと遊べるのん?」

「えぇ、毎日遊べるわ。それに私のお家には臣下の子どもたちがたくさんいるの。だからリンリンもたくさんお友達ができるはずだわ」

「本当ですのん⁉　リンリン、お友達百人作るのが夢ですのん!」

両手を上げて喜んだリンリンに、サナは慌てて止めに入った。

「だめだ!　リンリン!　ニーナの家には絶対に行かない!」

強い口調にリンリンは少し驚いたような顔をしていたが、次にはぷぅっと頬を膨らませて、

「リンリン、ニーナのお家に行きたいですのん!」

と、我が儘を言い出した。

「だめだ」

はっきりと口にしながら、サナはニーナとリンリンの隣に腰を下ろした。

「あら、どうして?　あなたも一緒にお兄様のもとへ行きましょう。そのために迎えに来たのですから」

目をぱちくりさせたニーナはとても華奢な獣人で、背格好はサナとあまり変わりなかった。

「申し訳ないが、俺もリンリンもセルディンティーナ王国には行かない。このまま静かにこの街で暮らし……」

「いやですのーん!　リンリン、ニーナのお家に行きたいのん!　お友達も百人欲しいですのーん!」

普段は聞き分けの悪い子ではないのに、リンリンはよほどニーナが気に入ったのか？　百人の友達に釣られているのか？　サナの話をまったく聞こうとしなかった。

「リンリン！」

つい語気が強くなる。

しかしリンリンは、ニーナの胸に顔を埋めてこちらを見ようともしなくなった。

尻尾も苛立ったようにパシンパシンとソファーを打っている。

「ねぇ、サナ。冷静に考えてちょうだい」

そんなリンリンの頭を撫でながら、ニーナが静かに口を開いた。

「リンリンはセルディンティーナ王国の王太子よ。これから大国を背負って立つ獣人なの。あなたがそれを一番わかっているはずだわ。そして、大事な王太子をこのままここで育てるなんて、教育面でも警護の面でも不可能だということも」

「わかっている。でもガーシュインは許嫁と結婚したはずだ。だからリンリンだけでなく、いずれ王位継承者が生まれ……」

「いいえ、お兄様は結婚してないの」

「えっ？」

被さるように告げられた言葉に、サナはエメラルドグリーンの瞳を見開いた。

「そんなはずはない！　生まれた時から決められた許嫁がいたはず！」

「えぇ、そうよ。でもお兄様は結婚していないの。ねぇ、お願い。なぜお兄様が結婚していないか？

一度セルディンティィーナ王国まで聞きにいらして」

リンリンのためにも……とつけ加えられ、サナは現実と混乱の中で言葉が出なくなった。

そんな母親の表情を、ニーナの胸の間から、リンリンがじーっと恨めしげに見つめている。

ニーナのお家に行きたいですのん！　友達百人欲しいですのん！　と。

「リンリン……」

突き刺さるような視線に耐えられなくなって、俯いた時だった。

「サナ！」

すべてを聞いていたのだろうカルムが、突然目の前に跪いた。

「サナ、どんな事情があろうと僕は君と結婚したい。その気持ちは変わらない。だから行かないでくれ……セルディンティィーナ王国には行かないでくれ！」

「カルム……」

沈黙が落ちて、狭い部屋に秒針の音だけが響いた。

ニーナの言っていることは、痛いほどわかる。

リンリンの願いも叶えてやりたい。

しかしカルムには、これまで良くしてもらった恩義がある。

三つの思いと事情が、サナの中をぐるぐると駆け巡った。

そうして、どれだけ悩んでいただろう。

やっと一つの答えを出すと、サナはニーナとリンリンとカルムの視線を一身に浴びながら、大きく息を吐き出した。

「ごめん、カルム。俺はお前と結婚しない」

前を向き、素直で真っ直ぐな獣人の瞳を見つめ返す。

「ガーシュインがどうして結婚しなかったのか。セルディンティーナ王国まで直接聞きに行ってくる」

「サナ！」

「そうしないと、きっと俺は前には進めない。六年前から止まったままの想いに、決着がつけられない」

「サナ……」

カルムは両手を床に突くと、今にも頽れそうな身体を必死に支えていた。

【Ⅲ】

こんなにもスプリングの良い馬車を、サナは知らない。

六人乗りの豪奢な馬車には、サナとリンリン、そして二人の侍女が乗っていた。

獣人である彼女たちは、

「初めましてなのん！　リンリンなのん！　どうぞ仲良くしてくださいませませ」

と、リンリンが上手に自己紹介できたことを教えてくれた。

「本当に愛くるしい王太子様ですわ」

巻き毛の侍女が、目を細めて言った。

「しかもセルドバルト王家の証である、オッドアイをしっかりと受け継がれて……ゴールドブラウンの毛並みも美しいですわ」

眼鏡をかけたもう一人の侍女も、リンリンを手放しに褒めてくれた。

そうなのだ。

リンリンは母親がヒトだとは思えないほど、立派な獣人の姿をしていた。

しかもセルドバルト王家の長兄の証である、珍しいオッドアイだ。

だから移動遊園地で遊んでいた時に、国境警備隊に発見されたのだろう。

オッドアイでゴールドブラウンの毛並みをした獣人の子どもは、セルディンティーナ王国の王太子以外に考えられないからだ。

サナも赤毛にエメラルドグリーンという特徴ある容姿をしているので、二人で歩いていれば、わかる者にはわかる。

それでも王族の子息と、その母親であることがバレずに生きてこられたのは、セルディンティーナ王国と国交のない国を選んで暮らしてきたからだ。

しかし、三年前。

リンリンが二歳の時、このフィーゴ王国へ引っ越してきた。

フィーゴ王国は、セルディンティーナ王国と国交がある。

サナはそのことを承知で、リンリンを連れてやってきたのだ。

その理由はわからない。

自分でも、未だにわからないのだ。

でも気がつくと、この国に住処を構えていた。

丘から見える景色が、自分のすべてであった一年間を過ごした、学術都市に似ていたからかもしれない。

あの大河を下れば、かつての恋人がいるセルディンティーナ王国へ行けるかもしれない……と、ほんの少しでも思ってしまったからかもしれない。

馬車を使った陸路での移動は三日間で終わり、今度は大河を下る立派な船へと乗り換えた。

豪奢なこの客船もセルディンティーナ王国のもので、ニーナが旅を楽しむためによく使っているらしい。

「リンリン、お船は初めて乗りましたのん！」

ニーナと甲板に立ち、何やら楽しそうに話し込んでいる二人は、実に仲が良さそうだ。

「ニーナは子どもの扱いに慣れているようだが、子持ちなのか？」

それを喫茶室から窓越しに見ていたサナの問いに、巻き毛の侍女が答えてくれた。

「いいえ。ニーナ様はまだご結婚されておりません。ただ城内には臣下の子どもが多く出入りしておりますので、小さい子の扱いに大変長けてらっしゃるんです」

「セルディンティーナ王国の王城は、賑やかそうだな」

「そうですね。ですが、こうして子どもたちが多く出入りするようになったのも、ガーシュイン様が国王様になられてからなのですよ」

「なぜ、ガーシュインは城に子どもを？」

不思議に思って首を傾げると、侍女がふっと微笑んだ。

「『もしかしたら、自分にも子どもがいたかもしれない』とおっしゃって、セントガイナから帰国されてすぐ、城内への子どもの出入りをお許しになりました。城の敷地内には小学校もございますよ」

警護の面から、入学できるのは臣下の子どものみですが……とつけ加えた彼女に、サナは「そうか……」と伏し目がちに返事をした。

確かにガーシュインは、二人の間に子どもができることを望んでいた。

身分の低いオメガのヒトである自分に求婚をし、「サナとの子どもが欲しい」、「サナと夫婦になって家族が増えれば、きっと毎日が幸せで楽しいはずだ」と、夜ごとのように言っていた。

その時の彼の笑顔を思い出し、胸の奥がキュッと痛む。

そうだ。胸の奥がキューッと痛むほど、あの頃は眩しいぐらいに毎日が輝いていて、嬉しくて、楽しくて、いずれ別れがくるとわかっていても、二人は真剣に愛し合っていた。

サナは、自ら別れを切り出しながらも、あの頃に戻りたいと何度も願った。

しかし、戻ってはいけないと自分を何度も律してきた。

会いたいと思えば会いに行けたかもしれないかつての恋人へ、サナは想いを残したまま、今日までリンリンと生きてきた。

船は順調に大河を進み、まだリンリンが目にしたことのない海へと向かっていた。

「サナ、海には何がいますのん？　メダカ？　カエル？　それともアメンボ？」

夜、二人で広い客室の大きなベッドに入ると、ワクワクとした瞳でリンリンが訊いてきた。

これまでリンリンが見てきた一番大きな水溜まりは、国立公園の池ぐらいだ。

大河も実に雄大だが、海はもっと果てしなく広い。

「そうだな……海にはクジラがいる」

「クジラってなんですのん⁉」

ぴんっと両耳が立ち、白い上質なパジャマを着たリンリンは、布団の中で四つん這いになって興味を示した。

「メダカが一億年生きるとクジラになる」

「本当ですのん？　クジラはメダカの親分ですのん!?」

リンリンの目がさらに輝きだし、サナは今夜話す創作童話はこれにしようと決めた。

これまでも、リンリンと一緒に寝入ることができる夜は、いろんな話を作って聞かせてきた。

最初の内は図書館で借りた童話を読み聞かせていたのだが、フィーゴ王国の図書館には児童書が少なく、あっという間にすべて読んでしまった。

だからいつの間にか、サナはこれまで自分が見聞きしてきた体験をもとに、リンリンが楽しめる童話を作って聞かせるようになった。

実は、その話はすべてノートに記録してある。

リンリンが「またあのお話が聞きたいですのん！」と、いつ言い出してもいいように、サナはメモ書き程度だが、時間がある時に書き溜めていたのだ。

気がつけば創作童話は百を超えて、今ではどんな話を自分で作ったのか、思い出せないほどだ。

「じゃあ、今夜はメダカの親分の話をしよう。さぁ、リンリン。おとなしく横になって」

興奮に鼻息が荒くなっているリンリンが枕に頭を置くと、サナはたった一度だけ見たことがある、雄大なクジラの姿を思い出した。

「リンリンも知っている国立公園の池には、知りたがりなメダカが一匹住んでいたんだが……」

そのメダカは、毎日毎日自分の探求心の赴くままに、池の中を泳ぎ回った。

そして知らないことがあれば友達のドジョウに訊き、仙人の亀に訊き、時には渡り鳥の餌にされそうになりながらも、まだ見たことのない外の世界に憧れを抱くようになった。

「それで、知りたがりなメダカさんはどうしましたのん？」

メダカの冒険譚にドキドキしているのだろうリンリンは、ごくりと唾を飲み込むと、さらに先を促した。

「メダカは友達になった渡り鳥の背中に乗って、海へ行くことを決めたんだ」

「メ、メダカさん……すごいですのんっ！」

リンリンは眠るどころかさらに目が冴えてしまったらしく、もっと続きが聞きたいとねだってきた。

しかし、時計を見ればもう夜の九時を過ぎている。子どもは寝る時間だ。

「残念だが、この話はいったんここでおしまいだ。続きはまた明日」

「えー……ですのーん……」

耳をぺたんとさせ、がっかり……という風に眉を下げたリンリンは、しばらく「続きが聞きたいですのーん……」と枕に顔を押しつけグズグズしていた。

しかし背中を優しく叩いていると、いつの間にか眠ってしまった。

今日もいろんな体験をして、リンリンは良い意味で疲れていたのだろう。

スヤスヤと眠るリンリンの寝顔を、サナはしばらく愛しい気持ちで眺めた。

我が子の寝顔は、どれだけ眺めていても見飽きることはない。

起きている時は手がかかることも多いが、眠っている時はまさに天使だ。

部屋の明かりを少し落とすと、サナはベッドから抜け出した。

そして、リンリンに話したメダカの話をノートに記す。

この部屋には立派な樫の木の机と、書き心地の良い羽根ペンがあるので、執筆もついつい捗ってしまった。

軍にいた頃は、辛くて心が壊れてしまいそうな状況下で、よく空想しては現実から逃避していたものだ。

身体はボロボロで疲れ切っていても、空想の世界へ羽ばたけば、心はすぐに元気になった。

そんな逃避癖が、子育てに役立つ日がこようとは、サナ自身もまったく思わなかった。

(そういえば、ガーシュインにもよく話を聞かせてたな……)

寝入りばなに一度創作童話を話したら気に入られてしまい、ガーシュインにもよく話したものだ。

身長が二メートルもある獣人だったのに、サナが作った話を聞く時は幼子のような目をするので、笑ってしまったことが何度もある。

「懐かしいな……」

彼の綺麗なオッドアイを思い出して、サナはふっとペンを置いた。

そんな彼にも、もうすぐ会えるのだ。

一体、どんな顔をして会えばいいのだろう?

最初に何を言えばいいのだろう？

「会いたかった」と素直に言えばいいのだろうか？

それとも「会いたくなかった」と、あの時のように拒絶すればいいのだろうか？

「考えてもわからん……」

ふぅ……と息をついて、サナは丸窓の外を眺めた。

大河に沿って夜の街が見える。

今日の夕方、船がセルディンティーナ王国の領土に入ったと、ニーナが教えてくれた。

港に着くのは明日の朝だ。

今夜も月が綺麗だった。

ガーシュインも、この月を眺めているのだろうか？

月を眺めると、自分と過ごした夜を少しでも思い出してくれるのだろうか？

「俺は……いつでも思い出すけどな」

呟いて、胸にきゅっと甘い痛みを覚えた。

自分の半分は、まだガーシュインとの思い出でできているのだと、思い知らされたからだ。


「リンリン、迷子になるから手を離してはだめよ」

「はいですのん！」

日傘を差したニーナと手を繋ぎ、リンリンは少し緊張した顔をしていた。

甲板を降り、サナ親子は初めてセルディンティーナ王国へやってきた。

大国セルディンティーナは、サナの想像を遥かに超える活気を見せていた。

港にはいくつも船が止まり、新鮮な海産物や物や人が行き交っている。

この大陸で一番大きな領土と、陸海に長けた軍事力を持つセルディンティーナ王国は、鉱物資源も豊富で、経済力も抜きんでている。

以前は好戦的な国で、何かと火種を起こしていたが、ガーシュインが国王となってからは近隣国との関係も良好だと、以前新聞で読んだ。

確かにこの地にはフィーゴ国とはまた違う、平和な空気が流れている。

みな活力があり、心身ともに豊かで、おおらかな気概が漂っている。

四季があるといっても温暖な気候のセルディンティーナ王国は、冬が厳しかったサナの故郷に比べれば、人々も鷹揚な感じがした。

周りを兵士に守られながら、港町を散策がてら進んでいくと、そこにはまだ珍しい車が用意されていた。

「サナ！　ニーナ！　あれはなんですのん！」

リンリンのオッドアイがみるみる輝きだし、彼はニーナの手を離すと、運転手が開けてくれた扉の中へと飛び込んでいった。

磨き抜かれた黒い車体は、港の喧騒には不釣り合いな感じがしたが、その立派な姿は見事としか言いようがなかった。

「お椅子もふわふわですのよ～！」

「あら、リンリンは早速車が気に入ったようね」

コロコロと笑うニーナの横で、ぽつりとサナも呟いた。

「……というか、俺も軍用車以外見るのは初めてだ」

「まぁ、そうなの？」

「セルディンティーナ王国は石油も豊富に出るから、車の燃料に困らないんだな」

だから、技術が発達したのか……と納得すると、

「そうよ。サナは本当に物知りね」

とニーナが微笑んだ。

「さぁ、私たちも乗りましょう」

リンリンが待つ車に促され、サナはニーナと乗り込んだ。

思いの外広い車内はベルベットで覆われて、内装も落ち着いていて品位があった。

椅子の上に膝立ちになり、窓の外をワクワクと眺めるリンリンの靴を脱がせると、滑るように車は走り出す。

「すごいですのーん！　窓の外がビュンビュンって風さんのように流れていくんだわ～！」

楽しいですのーん！　と叫んだリンリンに、ニーナが「うふふ」と嬉しそうに笑った。

「この日のために新車を用意してよかったわ。リンリンが男の子だって知った時から、喜んでくれ

るんじゃないかなぁ？　と思って、楽しみにしてましたのよ」

「お心遣い、感謝する」

「あらぁ、いいのよ～！　私の可愛い甥っ子のためだもの。車でも戦車でもなんでも用意するわよ」

もともと馬車など動くものに乗るのが好きなリンリンは、すでに大興奮だ。

感動を抑えられないのか、ぴんっと立った尻尾の先がぷるぷると震えている。

この話を隣に座るニーナにすると、

「それならば今度、汽車に乗って旅行に行きましょう！　みんなで行けばとっても楽しいわ」

と、大陸横断の旅に誘ってくれた。

しかしサナは、兵士の時に何度も汽車に乗ったことがあるので、特に興味はなかった。

けれどもリンリンは、これまで汽車に乗ったことがない。

だからきっと汽車に乗ったら、興奮しすぎて熱を出すかもしれない。

それが心配なので、この国で汽車に乗る機会があったら、サナは付いて行こうと思った。

子どもは、楽しくても悲しくても熱を出す生き物だ。

だから一時も気が抜けない。

車は港から小さな村々へ出て、さらに田畑を抜けて三十分ほど街を走り続けた。

その間、車窓から見えた建造物は煉瓦造りではなく、みなしっかりとしたコンクリートの壁をしていて、この国の建築技術の高さに驚いた。

サナだって、コンクリート建築など要塞でしか見たことがなかったからだ。

しかも地震の少ない地域のためか、高層階の建物も多く、思わずサナも窓に顔を近づけて、天を仰いでしまったぐらいだ。

高く堅牢な城壁に守られた王都へ入ると、そこは一層賑やかで、人通りの多さから車の速度が落ちた。

しかし、商店街らしき通りを抜けると急に道が開けて、青い屋根を持つ白亜の城が見えた。

「きゃーっ！　お城ですのーん！」

城好きのリンリンが嬉しそうに指差すと、ピンクの肉球がぷにっと窓ガラスに触れた。

その様子を眺めながら、サナの中で緊張の度合いが増してきた。

「大丈夫？　サナ。あまり顔色が優れませんけど……」

ニーナに心配されて、サナは「平気だ」とだけ答えた。

これはただの強がりだった。

綺麗に敷き詰められた石畳の上を走り、車は繊細な装飾がなされた大きな門を潜る。

そこにはセルディンティーナ王国の紋章が彫られていたので、ここから先が王城の敷地なのだとすぐにわかった。

人工的に整えられた森を抜けると、小川沿いに並木があり、車は木漏れ日を受けながら、当たり前のように進んでいく。

城の車寄せが目に入り、再び鼓動が速まった。

できればここから逃げ出したい。

あんなにも会いたかったガーシュインに、今は会いたくなかった。

いや、どんなふうにして愛しい男に会えばいいのか？　この六年で忘れてしまったのだ。

だからサナは、怒ったような不貞腐れたような複雑な表情になる。

きっと笑顔など浮かべることはできない。

自分はもう、笑うことなどできないのだから……。

逃げたい、逃げたいと思っているうちに、車は城の車寄せに着いた。

すると従者が胸に手を当てて、恭しく車の扉を開けた。するとリンリンは、飛び跳ねるようにして車から降りる。

「ねぇ、サナ。ここにリンリンのお父様がいるんですのん？」

「…………」

フィーゴ王国の家を出る前に、セルディンティーナ王国の城にあなたのお父様がいるのよ……とニーナから聞かされていたリンリンは、首をこてんとさせると、続いて降りてきたサナを見上げた。

真っ直ぐなその瞳に、サナは答えてやることができなかった。

なぜなら、自分だってまだ気持ちの整理がついてないのだ。

ガーシュインに黙って産んだリンリンを、彼に会わせる心の準備が整わない。

「そうよ、リンリン。さぁ、お父様がお待ちだわ。会いに行きましょう！」

最後に車を降りたニーナが、リンリンの小さな手を掴んだ。

サナは先を行くニーナとリンリンに付いて行った。

今は国王に謁見するため、堅苦しい深緑色のフロックコートとブラウス、それに穿きなれないキュロットを身につけていた。白いタイツなど、生まれて初めて足を通した。

コツコツと靴音が響く城内のエントランスは吹き抜けになっていて、大理石の床は顔が映るほど磨き抜かれていた。

精緻な金細工が施された美しいドーム型の天井には、天地創造が描かれ、その壮大さにも目を奪われる。

金の手すりを持った両翼の階段が目の前にあり、それを登るのかと思ったら、エントランスを抜けた先にある中庭へ行くよう指示された。

「ここからは、親子の時間ですわ」

そう言うと、ニーナはリンリンの手をサナと繋がせた。

「この先には我が城自慢のバラ園がございますの。お兄様はそこにいますわ」

微笑むと、ニーナは侍女とともに中庭へと続く扉を開けてくれた。

すると、強い風がふわっとサナとリンリンの毛を揺らした。

瑞々しい花々の香りの中に、ひと際強くバラの香りが漂っている。

確かにそこには、美しく手入れをされたバラ園があった。

そしてその中央に、六年振りに見る、愛しいあの背中も……。

「サナ……あの獣人さんが、リンリンのお父様ですのん?」

王族の色である濃紺のフロックコートを着た彼に、サナは、

「そうだよ」

と、初めてリンリンに父親の存在を明かした。

リンリンは、これまで父親がいなかった。

しかし託児所の友達には父親がいるので、自分が片親であることを不思議に思っていたらしい。

けれどもサナは、リンリンに父親はいないとだけしか伝えなかった。

そのうちリンリンは、父親について訊かなくなった。

けれどもリンリンは、ずっと求めていたのだろう。

本当の父親を。

そして、憧れてもいたのだろう。

自分を抱きしめてくれる、強く優しい存在を。

「お父様〜!」

無邪気に声を上げながら、リンリンは獣人へと駆け寄っていった。

すると、愛らしいその声に気づいたのか。

ゴールドブラウンの鬣を後ろで結わいた彼は、バラから手を離すと、駆け寄ってきたリンリンを優しく抱き上げた。

「初めましてなのん、お父様。リンリンっていいますのよ。どうぞ仲良くしてくださいませませ」

「リンリンか。いいあだ名だな。こちらこそよろしく」

そういって微笑んだ顔は、六年前と何ひとつ変わっていなかった。

「――元気だったか？　サナ」

ひと際強い風が吹いてサナの赤毛を揺らした。

「……あぁ」

そう言うのが、今のサナには精いっぱいだった。

第一声はなんて言おう？

どんな顔で会おう？

ニーナたちが迎えに来てからというもの、それればかりを考えていたのに、実際会ってみれば、そんな些末なことはどこかに吹き飛んでしまった。

今のサナにできることは、訊かれたことに答えるだけ。

ただそれだけしかできなかった。

「なぜ言わなかったんだ？」

「何を？」

優しくも凛々しい目元が、サナは大好きだった。

キラキラと光を含むオッドアイも、宝石のようで自分だけの宝物だった。

その目が今、また自分だけを捉えている。

このことに、胸が苦しくてたまらない。

「なぜ、俺の子が腹にいると言わなかった？」

「言えるわけがないだろう」

そう、言えるわけがなかった。

生まれた時から許嫁のいる一国の王太子に、「あなたの子どもができました」などと、ヒトで兵士という低い身分のサナが、言えるわけなどない。

獣人貴族が支配するこの世界で、『身分』は絶対的なものだ。

ヒトが獣人の国王と結ばれるなんて、絶対にありえない。

だからサナは言わなかったのだ。

ガーシュインの子どもが腹にいることを。

そして別れを切り出した。

一生分の、とびきりの笑顔を浮かべて。

「さようなら」と、あの日ガーシュインに伝えたのだ。

＊＊＊

七年前の夏は、暑い日が続いていた。

学術都市シントガイナには、世界中から学びたい者が集まっていた。

特に千年の歴史を持つヘルセーナ大学には、有名な教授陣が集まり、本当に優れた者しか通うことが許されなかった。

学生の中には貴族の子息や子女も多く、ヘルセーナ大学は世界屈指の研究機関であり、難関校であり、学ぶ者にとっては憧れの大学だった。

そこでサナが警備兵として働き出したのは、十六歳の時だ。

母国が戦で消滅し、捕虜になりそうだったところを命からがら逃げだしたサナは、西方の街で行き倒れた。

その時、ある老年の学術者に拾われたのだ。

老年の学術者は、ヘルセーナ大学で地理学を教える教授であった。

このことからサナは、大学の門を守る警備兵の仕事にありつくことができた。

高く堅牢な壁に囲まれた大学の敷地内は、一つの街のようになっていた。

店があり食堂があり病院があり、三十五ものカレッジがあった。

そんな活気あふれる大学内には、水堀に渡された四本の橋からしか入れない。

サナは一番人通りの多い南門を任され、朝の六時から午後二時まで、ずっと門の前に立ち続けた。

エメラルドグリーンの瞳を光らせ、怪しい人物が入ってこないか、毎日見張りを続けたのだ。

あの日も、とても暑い日だった。

熱せられた石畳の地面からは陽炎が立ちのぼり、遠くを歩く人たちが揺らいで見えた。

大学のシンボルカラーである臙脂《えんじ》色の制服は、夏でも長袖だった。

制帽を目深に被り、幼く見える顔を隠したサナの髪からは、雫がぽたりぽたり……と落ちていた。

（今日は特に暑いな……）

銃剣を脇に構えて立ち続ける警備兵は、他者に声をかけられるか、不審者を見つけた時しか動いてはいけない。

定期的に交替で休憩は入るものの、その日は意識がふーっと遠退きそうになることもしばしばだった。

「汗が……」

小さな声が聞こえて、何気なくそちらに意識を向けた。

すると、

「汗がすごい出ている。これで拭くといい」

今度ははっきりとした声で話しかけられ、サナはそちらを向いた。

そこには白いシャツに紺地のトラウザーズを穿いた若い獣人青年がおり、自分にハンカチを差し出していた。

「ガ、ガーシュイン様！　そのような者にお気遣いなどしてはいけません！」

背後にいる従者らしき中年獣人は止めたが、ガーシュインと呼ばれた青年は彼を見ると厳しい口調で言った。

「他言は無用。自分の行動は自分で決める。その責任も自分で負う」

彼はもう一度サナを見ると、今度は微笑んだ。

「さぁ、汗を拭きなさい。可能ならば水分と塩も摂った方がいい」

「……あ、ありがとう……ございます」

こんな優しさは初めてだったので、サナは緊張しながらハンカチを受け取った。

するとガーシュインは笑みを深め、サナが制帽を取って汗を拭うと、そのハンカチを受け取った。

「とても若く見えるがいくつだ？」

「十六です」

「そうか、お疲れ様。毎日暑いから、無理だけはしないでくれ」

もう一度穏やかに微笑むと、ガーシュインは小言を言う従者を連れて去って行った。

低くて硬い響きがあるのに、どこか甘さを含むその声に、サナはなぜか胸のドキドキが止まらなかった。

突然のことに、自分自身まだ驚いているのだろう。

身なりの良い獣人青年が、兵士で……しかもヒトの自分にハンカチを差し出すなんて。

普通ならこんなことはありえない。

ヒト同士ならまだしも、従者を連れて歩いているような高貴な身分の者が、いち警備兵に情をかけるなんて。

「……変わり者、なのかな」

呟くとサナは再び銃剣を構え、制帽を深く被った。

先ほどよりも、熱くなった頬を隠すように。


それからガーシュインは、南門を通るたびにサナに声をかけてきた。

「今日も暑いな」

「……はい」

「休憩は取れているのか？」

「……はい」

「そうか。じゃあ次の休憩の時に、これでも飲んでくれ」

そう言って、レモンの蜂蜜漬けを水で割った飲料水をくれたりもした。

短時間だが、毎日話しかけてくる彼が、サナは不思議で仕方なかった。

ともに南門を守っている警備兵仲間に、「彼は一体何者なんだ？」と訊かれたが、サナも名前しかわからなかったので答えようがなかった。変わり者の大学生貴族……としか。

いつも連れている従者も次第に諦めだし、ガーシュインがサナに声をかけても大人しくしているようになった。

そんなある日。

ガーシュインに、突然「仕事は何時に終わるのか？」と訊ねられた。

「午後二時には終わります」

「そうか。大学内のカフェに行ったことはあるか？」

「いいえ、ありません」

学生ではないサナは、自分の仕事に関する場所以外に立ち入ったことはない。

大学内のカフェは誰でも利用できるのだが、サナはあまり興味がなかったので、一度も入ったことはなかった。

「よかったら、今日の仕事が終わったら一緒にお茶でもどうだ？」

「は？」

この誘いをガーシュインが口にしたのと同時に、背後にいるいつもの従者がすす……と消えた。

「ここのカフェには生クリームがたっぷりのった、冷たいコーヒーがある。珍しいから一緒に飲まないか？」

「はぁ……」

「甘いものは好きか？」

「はい、好きです」

「それならば、レモンのクリームチーズケーキも食べるといい。夏はやっぱり冷たくて酸っぱいものが美味いからな」

「そうですね……」

にこにこと話し続ける彼に相槌を打っていたら、いつの間にかサナは、ガーシュインとお茶をする約束をしていた。

仕事も終わり私服に着替えると、待ち合わせ場所の図書館にガーシュインが現れた。

それから近くにある石造りのカフェに入ると、ひんやりと中は涼しくて、心も身体もホッと一息つけた。

給仕がソファー席に二人を案内したので、当たり前のようにサナは手前の椅子の席に手を掛ける。

すると背中を優しく押され、奥のソファー席に座るようガーシュインに促された。

「それはできません！　ソファー席には俺より身分の高い方が座るべきです」

これぐらいのマナーは知っていたサナに、「そうじゃない時もある」と嬉しそうにガーシュインは言った。

「そうじゃない時？」

不思議に思って首を傾げると、

「そうだ。相手が自分よりも大切な存在である場合は、ソファー席を譲る」

「大切な存在……？」

この獣人貴族は何を言っているんだ？　と、サナは首を傾げた。

貴族であるガーシュインと兵士である自分を比べれば、大切なのはどう考えても貴族の彼だろう。

しかしガーシュインはとても楽しそうに言葉を続けると、さっさと椅子に座ってしまった。

「そうだ。初めて二人だけで過ごす時間だからな。どうか俺にエスコートをさせてくれ」

「エス……コート……ですか？」

か弱い女性に言うような台詞を口にされて、サナは照れ臭くて頬が熱くなった。動揺から、ストンとソファーに腰を下ろしてしまう。

「まずは名前を教えてくれないか？　赤髪の騎士殿」

騎士殿……などと自分を敬ってくれたことに目を瞬かせながら、サナはまだお互いに自己紹介もしていなかったことに気づく。

「あ……俺はヘルセーナ大学警備部に所属している、サナ・シュリアーと申します。今年十七歳になります」

「サナか。いい名前だ。それで誕生日はいつ？」

「八月十日です」

「もうすぐじゃないか！　あと二週間もない」

ブルーとゴールドのオッドアイを見張って、ガーシュインは嬉しそうに驚いた。

そして給仕に冷たいウィンナーコーヒーと、レモンのクリームチーズケーキを二つずつ頼むと、今度は自分のことを教えてくれた。

「俺の名前はガーシュイン・アル・セルドバルト。誕生日は十月二十日。去年セルディンティィーナ王国の大学を卒業して、今年からヘルセーナ大学院に留学している。専攻は世界史だ」

「故《ふる》きを温《たず》ねて新しきを知る……ですか？」

何気ないサナの言葉に、ガーシュインはほんの少し真面目な顔つきをした。

「東洋に伝わる古い言葉だな。サナは難しいことも知っているんだな」

「それに、あなたはセルディンティィーナ王国の王族の方ですね」

「……なぜそう思う？」

「一時期軍隊で一緒になった傭兵が、セルディンティィーナ王国出身でした。その彼が教えてくれたんです。セルディンティィーナ王国の王族の男子には、『アル』という文字が必ずつくと」

「サナは本当に博識だ」

テーブルの上で指を組んだガーシュインは、興味深そうにこちらを見つめた。

「いえ……俺に学はありません。ただ、人から聞いた話はあまり忘れないんです」

「なるほど。記憶力もいい」

ガーシュインは穏やかな笑みを見せながらも、想像以上にサナが聡明であったことに感心しているようだった。

そんな彼を、サナは真っ直ぐ正面から見つめ続けた。

その瞳もとてもいいと、彼はうっとりした眼差しで言う。

「綺麗なエメラルドグリーンの瞳だな」

「これは亡くなった父親似なんです」

「そうか。御父上から素敵なところを譲り受けたんだな」

従来、サナは物怖じしない性格だ。そんな度胸が据わった性格もいいと、彼は褒めてくれた。

なぜなら、これまで普通に接していたのに、ガーシュインが王族だと知った途端に、態度を変える者がほとんどだと言っていた。

よくも、悪くも。

「王族の方もご苦労があるんですね」

この言葉に声を上げて笑った彼は、生まれて初めて目にした冷たいウィンナーコーヒーを、まじまじと見るサナに言った。

「よければ、サナとはフランクに付き合いたい。丁寧な言葉も一切使わなくていい」

「ですが……」

「いいんだ。俺がそうしてほしい。だめか？」

乞うような瞳を向けられ、サナはためらいの吐息を漏らした。

兵士が貴族に対等な口をきくなんて、普通ならば処罰ものだ。

しかし、幼い頃から特別扱いされて育った者は、きっと自分なんかには想像もできないような複雑な心を抱えているのだろう……と、サナは大きく頷いた。

「じゃあ不敬は承知の上で、ガーシュインと呼び捨てていいか？」

「もちろん。嬉しいよ、サナ」

運ばれてきたレモンのクリームチーズケーキも、甘酸っぱくて爽やかで冷たくて、とても美味しかった。

こんなにも美味いケーキを、食べたことがないとサナは思った。

「ところで、サナ」

「なんだ？」

すっかりケーキに夢中で、ガーシュインの存在を忘れかけていた時だ。不意に声をかけられ、サナはフォークを咥えたまま顔を上げてしまった。

「今、恋人はいるのか？」

「いないぞ。恋などしたことがないからな」

「そうなのか？」

驚いたような顔をしたガーシュインに、サナは頷いた。

「あぁ。生きるのに精いっぱいで、それ以外のことはしてこなかったからな」

「これから誰かと恋をしたいとか……そういうことも思わないのか？」

「そういうものにも一切興味がない」

「そう、なのか……」

なぜだかわからないが、ガーシュインががっかりと肩を落としたように見えた。

そうなのだ。

サナは自分でも驚くほど淡白な性格をしていた。

物にも人にも執着しない。

明日を生き延びられればいい。

眠って、翌朝目覚めた時に命があれば万々歳だ。

だから、これからも恋などしないだろう。

そう思っていた。

自分はこれから一生、生きることだけに必死で、他は何もしないで人生を終えていくのだ。

そもそも子どもがいる、温かい家庭など想像もできなかった。

サナは物心ついた時から、生活が苦しかった。

母の仕事を手伝い、幼い妹たちを育て、少年のうちに厳しい軍隊に入隊した。

この人生遍歴が自分の価値観に、大きな影響を与えているとわかっている。

しかし、これから先も一人で生きていくのだから問題ない。

サナはウィンナーコーヒーを最後まで飲み切ると、ガーシュインとカフェを出た。

日差しはもう傾いていて、ガーシュインとずいぶん長い時間ここにいたのだな……と思う。

「今日はごちそうになってしまって、申し訳なかった」

サナが礼を言うと、ガーシュインは嬉しそうに微笑んだ。

「気にすることはない。国から仕送りされても、本を買うぐらいしかない生活費だ。なのに、こんなにも有意義な時間を過ごすことに使えて、むしろ感謝したいほどだよ」

「有意義？」

ガーシュインは時々不思議なことを言うと、サナは思った。こんな兵士を大切だとか、エスコートだとか、ともに過ごした時間が有意義だったとか……。

それならば、大学の教授と議論を戦わせながらコーヒーの一杯でも飲んだ方が、よほど有意義なのではないだろうか？

けれどもサナは深く突っ込むことはせず、笑顔で手を振るガーシュインと別れた。

もう二度と、彼と一緒にお茶をすることもないだろう。


「サナ！」

しかしこの予想は大きく外れた。

「ガーシュイン……」

セルディンティーナ王国の王族であるこの獣人は、サナの仕事が終わる二時になると、毎日南門まで迎えに来るようになった。

「今日もすごい汗だ。炎天下の中で立ち続けて……苦労したんじゃないか？」

「賃金は、苦労の対価として得るものだ。だから別になんともない」

二時の警備兵交替の儀式が終わると、ガーシュインはタオルとレモン水を持って駆け寄ってきた。

そして汗で濡れたサナの赤髪を拭き、自らの手で、ボトルからレモン水を飲ませる。

大学構内にある警備室の前なのでまだいいが、外でこんなことをされたら恥ずかしくて死ぬ……。

そう思ったが、こうしてガーシュインに心配されて世話を焼かれることに、サナは不思議と嫌悪感はなかった。

むしろ身長が二メートル以上あって、身体もヒトより数倍大きな彼が、慣れない手つきで自分のためにあれこれ尽くしてくれるのが嬉しかった。心地よかった。

「サナ！　今日もお迎えか？」

通りすがりの仲間にからかわれたが、サナはそういう点で鈍感なので「そうだ」と素直に答えた。

これにガーシュインが声を上げて笑い出す。

「どうした？」

怪訝に眉を顰めると、ガーシュインが浮かんだ涙を拭いながら言った。

「いや、サナは強いな。一緒にいて心強いよ」

「心強い？」

「あぁ。俺が国王になった時もずっとそばにいてくれたら、きっと俺は世界で一番強い王になることができるだろう」

「こ、国王って！　……ガーシュイン、王太子なのか？」

驚いたサナは思わず大声を上げてしまってから、慌てて声を潜めた。

「言ってなかったか？」

しれっとした顔で口にされ、サナは頬を膨らませた。

「聞いていない。セルディンティーナ王国の王族としか！」

「それは悪かった。じゃあ、今日はパブでビールを奢るよ」

セントガイナでは、十六歳を過ぎると成人とみなされ、飲酒ができるようになる。

「牛すね肉の煮込みも奢れ」

さらに拗ね顔で言うと、ガーシュインは実に楽しそうに微笑んだ。

「わかったよ。だからそんなに拗ねないで、俺のルビー」

「俺はお前の宝石になった覚えはない。今着替えてくるから、ここで大人しく待ってろ」

「はいはい。サナは相変わらずクールだな」

ガーシュインを外で待たせて、サナは大急ぎで私服に着替えた。

実は、こんな相手は初めてだ。

気を遣わずに軽口を叩き合い、ちょっとした自分の我が儘も冗談のように受け止めてくれる。そんな親友という存在に、これまで一人で生きてきたサナはすっかり舞い上がっていた。

一緒に時間を過ごして、こんなにも楽しいと思う相手がいるなんて。

「待たせたな」

着替えが終わり、サナはなんでもない顔で警備室を出る。

しかし、本当は慌ただしく着替えたので息も上がっていたし、シャツの襟も片方がピンッと立っていた。

前髪もぼさぼさになっていたし、何よりガーシュインと一緒にいたくて、急いで着替えたという自分の心理が恥ずかしい。

そんな照れくささから、ついガーシュインにはつっけんどんな態度を取ってしまうが、彼はそれすらも優しく受け止めてくれる。

「サナ。襟が立ってるぞ。それに前髪を少し整えよう。手で梳いてもいいか?」

「う、うん……」

言われて、サナは大人しくガーシュインに襟を直してもらい、前髪を柔らかな肉球がついた手で整えてもらった。

「よし、これで男前の出来上がりだな」

「俺は男前なんかじゃない。男前って言うのはお前みたいに逞しくて、かっこよくて、精悍な顔立ちをした獣人を言うんだ」

「……サナ?」

「なんだ?」

思ったことを素直に口にしただけなのに、ガーシュインの頬が赤く染まった気がした。

耳がピルピルとせわしなく動いている。

尻尾もすっかり動揺している感じだ。

「一体どうした?」

この様子にサナは慌てた。

気が利かない自分は、何か変なことを言ってガーシュインを傷つけてしまっただろうか?

「いや……その、そんな風に思ってくれていたなんて……嬉しい」

「えっ?」

ガーシュインの頬の熱がサナにも伝播した。

「いや、別に嬉しいとか言われても……本当のことだしな」

サナまで頬を赤くして、もじもじと落ち着かない気持ちになる。

すると突然真剣な顔になったガーシュインに、真っ直ぐ見つめられた。

「俺は、サナの赤い髪の毛が好きだ。エメラルドグリーンに輝く瞳も、日に焼けたそのなめらかな肌も」

「ガ、ガーシュイン?」

この言葉に、サナはますますどうしていいのかわからなくなり、顔を真っ赤にして固まった。こんな風に人から褒められたことなど、人生の中でなかったからだ。

「す、すまん！　変なことを言ったな。さぁ、気を取り直してパブへ行こう。今日も暑いから冷たいビールが美味いぞ」

場の空気を変えるように笑ったガーシュインに、肩を抱かれて外へ出た。

午後の日差しはまだまだ眩しく、サナは手を翳しながら青い空を見た。

突き抜けるような晴天。

それは高く高く、手を伸ばしても届かない。

眩しく照りつける太陽は、ヒトにも獣人にも等しく照りつけ、この暑い季節を楽しめ！　とでも言っているようだった。

しかし今は、自分の隣を歩くガーシュインの笑顔の方がずっと眩しく思えて、サナは彼を直視することができなかったのだった。


ガーシュインと親しくするようになって、半月ほど経った頃だ。

サナは十七歳の誕生日を迎えた。

その日、サナは生まれて初めて有給休暇というものを取り、ガーシュインに言われるままに自宅で待機していた。

すると一人の男が部屋を訪ねてきた。彼はいつもガーシュインの後ろに控えていた、中年の獣人従者だった。

「サナ・シュリアー様。セルディンティーナ王国の王太子殿下、ガーシュイン・アル・セルドバルト様より贈り物でございます」

「贈り物？」

サナが首を傾げると、狭い家の中にリボンのかかった大きな箱や、真っ赤なバラの花束を抱えた従者たちがぞろぞろと入ってきて、驚きに目が真ん丸になる。

「どうぞ、箱をお開け下さい」

促されてたくさんの箱のリボンを解くと、中には上品なからし色のフロックコート一式と靴が入っていた。

「それをお召しになってください」

「お召しにって……」

今なお目をぱちくりさせていると、従者は「はい」と言葉を続けた。

「本日はセントガイナにあります、セルディンティーナ王国の離宮で、ガーシュイン様がサナ様の誕生日パーティーをお開きになります。ぜひご出席を」

「誕生日パーティーだって？」

そんなことは一言も聞いていなかったサナは、からし色のフロックコートを手に固まった。

するとその間に、あれよあれよと従者がサナを着替えさせた。

「大変お似合いでございます、サナ様」

「そ……そうか。ありがとう」

褒められても何がなんだか理解しきれていないサナは、外に停められていた豪奢な馬車に乗り込んだ。

コートの素材は軽くて薄く、夏場に着ていてもさほど暑くなかった。

窓を開ければ快適な風が入ってきて、日も暮れかけた街を馬車は颯爽と走る。

しばらく西に向かって進んでいると、そこにはサナも知らなかった美しい城があった。

ピンクベージュの外壁に、落ち着いた青い屋根を持つその城は、愛らしくも堂々としていて、王族が離宮として使うにふさわしい風貌をしていた。

馬車は城の敷地内に入り、豊かな緑の中をゆったりと駆けていくと、城の馬車止めに停まった。

「我が離宮へようこそ、サナ」

ガーシュインに出迎えられ、サナは城に降り立つと無言で彼を見上げた。

「なんだ？　怒っているか」

「違う。戸惑ってるだけだ」

サナの戸惑いも当然だった。誕生日当日は休みを取るようガーシュインに言われ、素直に休みを取ったらこうなった。

本当は自分の家に、ガーシュインが遊びに来てくれるのだと思っていた。

だからサナはささやかながら、ワインと焼き立てのパンと、出来合いだがローストビーフを用意していた。

それなのに、まさか離宮に招かれて誕生日パーティーに出席させられるとは。

「そうか、それじゃあサナの戸惑いを払しょくできるぐらい、今日は二人で楽しもう」

ガーシュインに手を引かれて城の中に入ると、そこは美しく精緻な内装が施されていた。

そして背の高い窓から中庭に抜けると、広い庭の中央に立派な噴水があり、その手前にたくさんの料理が載ったテーブルと、二脚の椅子が用意されていた。

「パーティーと言っても、出席者は俺とサナだけだ。サナは大勢人がいるところが好きではないだろう?」

「あぁ」

確かにサナは、華やかで人が大勢いる場所が得意ではない。

バルや食堂やカフェなどはまったく問題ないのだが、貴族の社交場のようなところは正直苦手だ。仕事として警備する分には構わないのだが……。

ガーシュインの気遣いをありがたく思いながら、サナは彼が引いてくれた椅子に座った。

すると優雅な物腰で、彼も向かいに腰を下ろす。

ガーシュインも、今は明るい緑色のフロックコートを着ていた。

この姿に、やはり彼は王族の人間なのだと思う。

普段はフランクに接してくれる彼だが、今日はナイフとフォークの持ち方からして品位があり、これがガーシュインの本当の姿なのだと思い知った気がした。

美味しい食事とともに日は暮れてゆき、最初は緊張していたサナだったが、ワインが進むといつもの笑顔が出るようになった。

「美味いっ！」

そう言ってサナが頬張ったのは、鴨肉のローストだった。

それ以外にも、今日出された料理はすべてサナの好物ばかりだった。

きっとガーシュインはこれまで一緒に食事する中で、サナの好物を覚えてくれていたのだろう。

しかも最後は、二人で初めて一緒に食べたレモンのクリームチーズケーキと冷たいウィンナーコーヒーが出され、これにはサナも声を上げて笑った。

そうしてすっかり陽が落ちると、庭にランプが灯されて、優しいオレンジ色が二人を包んだ。

どこからともなく楽団が現れ、心地良い音楽が演奏される。

「一曲踊るか？　サナ」

「冗談だろ。俺はダンスが踊れない」

「俺がリードするよ」

立ち上がると、ガーシュインはサナの手を取り広い場所へと連れて行った。

「本気か？」

戸惑うサナに、ガーシュインは微笑む。

「俺はいつでも本気だ」

高い位置で腕を構えると、ガーシュインに腰を抱かれた。

そうして、ゆっくりとステップを踏み出す。

ガーシュインのリードはとても上手く、本当に自分が踊っているような感覚に陥った。
「上手いじゃないか、サナ」
感嘆の声を上げたガーシュインに、サナは照れ臭さから頬を膨らませる。
「お前が、上手いこと俺を踊らせてくれてるんだろう?」
「違うよ。これはサナの運動神経の良さだ」
優雅なワルツに乗って、二人は踊った。
傍から見れば、獣人貴族とただのヒトが踊っているなんて、信じられない光景だろう。
ヒトは決して貴族にも王族にもなれない。
なった者はいないし、なろうとする者もいない。
獣人が落ちぶれることはあっても、ヒトが這い上がって貴族になどなれないのだ。
まるで自然の摂理のように。
しかしガーシュインは、最初からサナを人間だからと軽視しなかった。
むしろ汗を拭くようにと、自分のハンカチを差し出してくれた。
一緒に食事をし、パブに行って楽しみ、肩を組んで歌うこともあった。
獣人とヒトの間に、友情が生まれることもある。
それは日常的なことなので、サナもガーシュインを最高の友達だと思っていた。
こんなにも優しくて、穏やかで、一緒にいて楽しい相手はいない。
そう思って、彼の胸に身体を預けた時だった。

「――好きだ、サナ」

堪え切れないとばかりに、転がり出た言葉に聞こえた。

「そうか。俺もお前を最高の友達だと思っている」

うっとりと目を閉じて、サナは答えた。

「違うんだ、サナ。そうじゃない」

「何が違うんだ?」

身体を離して彼を見上げると、ガーシュインは踊る足を止めた。

「愛しているんだ、サナ。俺は本気でサナと番になりたいと思っている」

「つ……番?」

サナは目をぱちくりさせた。

番とは、獣人同士で使う言葉だ。

一生を共にする間柄を番といい、ヒトでいうところの結婚と同じ意味だった。

いや、もっと深い愛情を意味するかもしれない。

「ガーシュイン、熱でもあるのか?」

真顔で訊ねると、いつぞやのように彼はがっくり項垂れた。

「熱なんかない。いや、お前に熱を上げているのは確かなんだが……そうじゃなくて……」

しばらくごにょごにょと独り言を言っていたが、ガーシュインはサナの腕を突然掴むと抱き締め、赤い唇を奪った。

「これで……少しは本気だと、わかってもらえただろうか？」

彼は頬を赤らめているようだった。

声も少し震えていて、緊張しているらしい。

耳もせわしなく動き、尻尾の先もパタパタしている。

「本気って……お前は本気で、俺と番になりたいのか？」

一方、サナは呆然として指一本動かすことができなかった。

「そうだ」

「獣人とヒトなのに？」

「獣人とヒトであっても、結婚している者もいる」

「結婚って……正妻にはなれないだろう？　それに俺は男だぞ？」

「サナの生まれ故郷がどうであったかわからないが、我がセルディンティーナ王国は、バース性に関係なく同性婚が許されている」

「俺はお前を友達だとずっと思ってた。信じてた」

「それは申し訳ないことをした。俺は初めてサナを見た時から、恋をしていた」

「恋？　それに初めて見た時って？」

「お前が南門の警備兵になってすぐの時だ。酒に酔って暴れた学生を取り押さえたお前を見て惚れた。圧倒的な強さはもちろんだが、帽子が落ちて、その赤い髪と美しい顔立ちと緑の瞳が見えた瞬間に、心奪われた」

再び唇を奪われそうになって、サナはガーシュインを押し退けた。

「サナ?」

「……帰る」

「サナ!」

すたすたと玄関へ向かったサナを、ガーシュインが慌てて追いかけてきた。

「気分を害したのなら謝る。しかし真剣に考えてほしい」

彼の言葉はこれまで聞いたことがないほど必死だった。

「俺はお前が好きだ。愛している。どうか番になることを前提に付き合ってほしい」

「………」

馬車止めも通り越し、石畳の広場も抜けると、サナは一定間隔で明かりが灯る並木道を歩いた。

「サナ、頼む。こちらを向いてくれ」

ガーシュインも横を歩きながら、懸命にサナに呼びかける。

そんな彼に、サナはぴたりと歩を止めた。

そして睨むように隣を振り向く。

「サナ……」

ガーシュインはすっかりしょげていた。

「お前は最初から、俺と恋人同士になりたくて近づいたんだな」

「……そうだ」

「ということは、お前のかっこよさや優しさに惹かれて、お前を親友だと思った俺の気持ちに欺いていたということだな」

「……そうだ」

「返せ」

「何を？」

「俺の『親友』を返せ」

そうだ。ガーシュインに告白された以上、もう彼とは親友ではいられなくなってしまった。世界で一番大事だと思った友達を、サナは失ってしまったのだ。

「返すことはできないが、今度は俺を『恋人』にしてはくれないだろうか？」

代替案を提案してきたガーシュインに、サナは再び無言で歩き出す。

「悪かった、サナ！　もう怒らないでくれ！」

そんな冷たいサナを、ガーシュインは慌てて追いかけてくる。

泣きたい！　と思ったのは、人生で初めてだった。

親友を失うことは、こんなにも辛いのか。

これまでぬるま湯に浸かるように心地よかったあの関係が、もう終わってしまう……のか？

（……ん？　待てよ）

再び足を止めると、サナは顎に手を当てて考え出した。

その姿を、ガーシュインはただ大人しく見守っている。

「恋人同士になったら、俺たちの何が変わるんだ?」

「は?」

横から間の抜けた声が聞こえた。

「これまでみたいに一緒に食事をして、話をして笑い合って……それ以外に何が変わるんだ?」

「……キスをしたり、それ以上のことをしたりする」

いたたまれないといった感じで、ガーシュインが口にした。

「キス……」

そのままサナは、隣の獣人をすっと見た。

先ほど唇を触れ合わせた時、自分はまったく嫌な気持ちにならなかった。

正直驚いたし、怒ってもいたので無機質な反応をしてしまったが、もう一度してみたら、自分の心に何か変化があるのだろうか?

「ガーシュイン、もう一度キスしてみよう」

「は?」

再び間抜けな声を出したガーシュインに、サナは確かめるように抱き着いた。

(温かい……)

両手が回らないほど大きな身体は、柔らかな毛に覆われていて、本当に気持ちが良かった。

少し気温の下がったこの時間帯は、特に彼の温もりは心地良い。

それに何より、サナの大好きな匂いがする。

ガーシュインがいつも自分の世話を焼いてくれる時。

とても近い距離にいる時。

サナはガーシュインの温かくて、少し森林を思わせる爽やかな体臭がとても好きだった。

これまで出会ってきたどの香りよりも、心休まるいい香りだ。

「ガーシュイン、早くキス」

「わ……わかった」

抱き着いたまま顔を上向かせ、サナは当たり前のように目を閉じた。

キスなんてさっき初めてしたけれど、これまで読んだ本の中で、キスは目を閉じてするものだと書いてあったからだ。

ガーシュインが大きく深呼吸したのが動きで伝わり、それから柔らかな肉球のついた手で両頬を包まれ、優しく唇を奪われた。

胸が一つ、とくんと鳴った。

それからドキドキがどんどん強まって、もっと彼に触れたいと思うようになった。

ほんの数秒で離れてしまったそれが恋しくて、サナは目を閉じたまま彼に命令する。

「ガーシュイン、もっとキス」

「はい」

従順な返事のあと、ぎゅっと強く抱き締められて、サナの細い身体が宙に浮いた。

そして今度は、もっと荒々しく唇を奪われる。

「んんっ……」

ガーシュインの首に両腕を回して、サナは彼の大きくて分厚い舌を受け入れた。

口内をまさぐられて、くすぐったいと思う。

時折彼の立派な牙が頬に当たり、食べられているような感覚に陥った。

互いの唾液が混ざり合い、サナの口角からとろりと零れ落ちる。

ダンスのリードを思わせる自然な動きで、キスをする時は、互いの舌を絡ませ合うのだと教えられた。

「はぁ……」

先ほどとは比べものにならないほど濃密で長かったキスが終わると、サナの目は熱から潤んでいた。

ガーシュインの瞳も、いつも以上に光を含んでキラキラと輝いていた。

ランプの柔らかな明かりが照らす中、静かに二人は見つめ合う。

「——なぁ、ガーシュイン。キスよりもっと先がしたい」

そう言ったのは、本能だった。

なぜかわからないが、互いが纏っている服がとても邪魔に思えた。

彼が何も着ていない姿を想像して、淫靡な熱が生まれ出す。

それは下半身に蟠《わだかま》り、この熱を彼とともに浄化させたいと願ってしまった。

「——俺の寝室へ来るか？」

甘く優しげな誘いに、サナはにやりと笑ってやる。

「行ってやってもいいぞ」

「了解した」

そう言うと、ガーシュインはそのままサナを横抱きにした。

「お、下ろせよ！　ガーシュイン！　自分で歩ける！」

「こうした方が早く寝室へ行ける！」

まるで女性にするかのように自分を抱いた彼に、サナは抗議の声を上げた。

しかしガーシュインは、そのまま風の如く走り出す。

確かに獣人の身体能力は、人間より数倍優れている。

サナを連れて走るより、ずっと早く寝室へ辿り着くだろう。

「ガーシュイン様⁉」

途中、いつもの中年従者とすれ違ったが、

「俺が良いと言うまで、誰も寝室に近づけるな！」

と走りながら言いつけ、ガーシュインは黄金の扉が美しい部屋へと入って行った。

「わっ！」

天蓋付きのベッドに下ろされたかと思うと、また唇を奪われた。

「は……ぁ、ガーシュ……イン……」

上着を互いに脱いで、ブラウス姿で抱き締め合う。

その間も離れるのが嫌だと言った風に、音を立てて唇を吸い合い、自分たちでブラウスも脱ぎ捨てた。

こんなにも切羽詰まった感情は初めてだった。

こんなにも相手が欲しくて堪らないのは、生まれて初めて味わう感情だった。

「好きだサナ、愛してる」

キスの合間に囁かれる言葉に、サナの心に火がついた。

「……たぶん、俺もお前が好きだ」

「たぶん?」

突然キスを取り上げられ、正面からガーシュインに見つめられた。

「い……いや、確実に好きだ。じゃなきゃこんなこと、お前としたいと思わない」

頬を染め、荒い呼吸をつきながら白状すると、ご褒美のようにキスが与えられる。

「んぅ……」

キュロットを脱ぎ、下着も足から抜き取ると、二人は生まれたままの姿で抱き締め合った。

「サナはやっぱり綺麗だ」

うっとりと呟かれ、サナは頬を染めた。

「見るな」

「見なきゃ何もできない」

ベッドに押し倒され、上から目を細めるガーシュインを睨む。

それでも嬉しいと心の中で思った。

好きな獣人に……好きな男に褒められたのだから。

「あっ……」

べろりと大きな舌で乳首を舐められ、サナは初めて他人から与えられる快感に、身体を跳ね上げさせた。

「ま……待て、ガーシュイン！」

甘すぎる感覚に驚いて待ったをかけるが、息遣いをさらに荒げたガーシュインは聞いてくれない。

「待てって言ってる！　ガーシュイン！」

「なぜ？」

問われて「変だ」と答えると、やっと彼が顔を上げてくれた。

「何が変なんだ？」

「……き、気持ちが良くて、おかしくなりそうだ」

「それじゃあ、『待て』は却下だ」

「おい！」

今度は逆の乳首を舐められ、サナは「ひゃ！」と声を上げた。

「んんーっ」

むず痒いようなもどかしい快楽に、下半身は熱を帯びてゆき、つま先はシーツの上を滑る。

「あ……本当にだめ……ガーシュイン……」

自分の声が、これまで聞いたことないほど濡れている。

人差し指の肉球でもう片方の尖りを捏ねられて、性器が完全に勃起した。

サナの硬くなったそれがガーシュインの腹に当たり、彼はにやりと口角を上げた。

「嬉しいな」

「変態」

自分が与える快感で、サナが勃起したことを喜ぶ彼のそれも、雄々しく屹立している。

（デカい……）

ごくりとサナは唾を飲み込んだ。

共同風呂などで、上官だった獣人の性器は見たことはあったが、勃起した姿はさすがに見たことがなかった。

サナが大きいと感じたのは、自然なことだ。

獣人はヒトの倍以上身体が大きいのだから、屹立したそれも倍以上大きい。

しかしサナが唾を飲み込んだのは、大きさに対してだけではない。

自分の身体に興奮して、勃起してくれたガーシュインの熱が純粋に嬉しくて、さらに欲情をそそったからだ。

胸を舐めていた舌はへそを擽り、わき腹を辿り、サナの股間にたどり着いた。

何をされるか覚《さと》ったサナは、羞恥からまた止めに入る。しかし声を上げる前に、立ち上がった肉芯が口内に収められた。

「あぁ……んっ！」

牙が当たらないように上手く咥え込んだそれを、ガーシュインは緩急をつけて吸い上げる。

「はぁ……あっ、あぁ……ん」

初めての口淫に、サナは背中を撓らせた。

枕の端を掴み、津波のように襲ってくる愉悦に、頭を振って耐える。

絡め取るように肉芯に舌を巻きつけられ、本能的に大きく脚を開いた。

今度は敏感な尿道口あたりを指先で優しく抉られ、羞恥と快感に喘ぐ。

「ひ……ぅん……」

先走りを音を立てて吸い取られて、まるで食べられているような錯覚に陥った。

けれどもその感覚は、サナの中に隠れていた被虐的な快感に火を点し、もっと辱めてほしいとさえ思った。

「あぁ……ガーシュ……イン……」

膝裏に手を入れられて、さらに大きく脚を広げさせられた。

そして腰が浮くと、今度は長い舌が、双丘の間をまさぐる。

「んん……何……して……」

サナは後孔を舐められて、ガーシュインがなぜそんなことをするのか理解できなかった。

「濡れてる……」

「えっ？」

呟いたガーシュインに、サナは荒い呼吸をつきながら首を傾げた。

しかし彼はそれ以上何も言わず、初心なサナの蕾にそっと指を挿入してきた。

「やだ！　何をする気だ……っ」

驚いて鬣を掴むと、大丈夫だ……と内腿に口づけられた。

「最初は怖いかもしれないが、徐々に気持ち良くなる」

「ひゃ……んん」

体内で蠢いていた指は、濡れた音をさせながら抽挿を繰り返し、サナの熱い内壁を蕩けさせるように刺激した。

「あっ……あんっ、あぁ……やぁ……」

ぐじゅぐじゅ……と音は大きくなり、快感はもっと強くなる。

「やめ……ガーシュ……身体が、おかしい……」

後孔を弄られて、こんなにも気持ちがいいのか？　とサナは恐怖さえ覚えた。

これから自分の身体は、どうなってしまうのだろう？

ガーシュインなしでは、生きていけない身体に作り替えられてしまうのだろうか？

そんなことを漠然と考えた時だった。

「あぁ……っ！」

それは突然やってきて、サナの目の前をチカチカとさせた。

「やだやだやだ……あぁぁっ」

体内のある一点をガーシュインが擦ると、これまで感じたことのない刺激が襲ってきた。

それは甘いとも痛いとも表現できない強い快感で、勃起した性器が震えてしまうほど気持ちのいいものだった。

「はぁ……あぁ、ぅ……ん」

同時に再び肉芯を口内に含まれて、サナは世界がぐるぐると回るような悦楽の世界へ堕ちていく。

「もう、だめ……だめだって……ぁ」

譫言《うわごと》のように抗議したが、それはまったく説得力がなく、むしろ自分が感じていることをガーシュインに伝えているようなものだった。

そうして鬣を掴んでいた手に力を込めると、サナはガーシュインの口内に射精した。

「あぁっ……んんっ！」

絶頂につま先まで強張った身体が、徐々に弛緩していった。

それと同じくして、ガーシュインはサナが放ったものを一滴残らず飲み込む。

「そんなものは飲むな！」と叱りたかったが、あまりにも強い絶頂を迎えすぎたサナは、言葉を発する気力もなかった。

「美味かった」

「……馬鹿……」

汗で額に張りついた前髪をかき上げてくれたガーシュインに、サナは悪態をつく。

しかし、月明かりの中で浮かび上がる彼の顔は、本当に凛々しくて、かっこよくて、美しかった。

うっとりと眺めていると、髪を撫でてくれたガーシュインが伺うように訊いてくる。

「――いいか？」

何が？　と、サナは表情だけで訊き返した。

「ここに……入りたいのだが」

後孔を指で押され、思ったことを素直に口にした。

「大きさ的に無理だろう？」

しかしガーシュインは、どこか言いにくそうに口を開く。

「普通の男の身体なら、獣人を受け入れるのは無理かもしれないが……サナなら大丈夫だと思う」

「なぜそう思う？」

「今は詳しく言えないが……試すだけ試してもいいか？」

愛しい者にそう言われれば、首を縦に振るしかなかった。

しかもサナは、ガーシュインより先に果てている。

この状況に、男として負い目もあった。

「いいぞ、来い」

潔く脚を大きく開くと、サナはより後孔が見えやすいように、自ら膝裏に手を入れて腰を上げた。

「サナは本当に男前だな」

困ったように笑っていたが、ガーシュインは扇情的なこの光景に興奮しているようだった。

なぜなら、先ほどよりも性器が大きくなったからだ。

これをサナは嬉しいと思う。

もっと自分の卑猥な姿を楽しめばいい……とさえ思った。それでガーシュインが興奮するのなら、こんなに嬉しいことはない。

サナの考えが伝わったのか？　ガーシュインは、先ほどよりも興奮に呼吸を荒くして、噛みつくように口づけてきた。

「ん……ぁ……」

大きな舌で口の中をいっぱいにされ、思わずサナは喘ぐ。

ふわふわの鬣を両手でかき混ぜて、その感触を存分に味わった。

「——入るぞ」

荒い吐息の間に囁かれ、サナは頷く。

自分は女性ではないので、子どもはできない。

それに、どんな獣人に出会ってもこれまで発情しなかった。

だからきっとオメガではない。

（いや……オメガは本気で愛する獣人に出会うと、発情するのか？）

そこまで考えて、本気で愛した獣人が、今自分を抱いているガーシュインだということに気づく。

しかし、その時にはもう彼は自分の体内に入り込んでいた。

「あ……んんっ」

ガーシュインが指で解してくれたとはいえ、蕾はまだ硬くて小さかった。

しかしサナは、ガーシュインが欲しかった。

もっと奥へと彼を呼び込みたい衝動に駆られた。

「やはり、きついな……」

白い喉を反らせ、自分を受け入れようと耐えてくれているサナに、ガーシュインが腰を引く。

「だめだ……抜いちゃ、だめ……」

サナはしなやかな脚をガーシュインの腰に巻きつけた。

「俺は大丈夫だから、もっと奥に来い……ガーシュイン……」

「サナ……」

この言葉に、ガーシュインはサナの腰を抱き直すと、己をぐっと進めてきた。

「はっ……あぁ……」

長大な屹立は密やかな肉筒を押し開き、サナの純潔を奪っていく。

そしてとうとうすべてを納めた頃には、サナの額にも、ガーシュインの額にも、玉のような汗が浮かんでいた。

「あぁ……すごい……」

呟いたのは無意識だった。

自分の腹の奥に、逞しいガーシュインがいるのがわかる。

内臓がせり上がる感じがして息苦しかったが、その何百倍もの充足感にサナは熱い吐息を漏らした。

「……動くぞ」

オッドアイに見つめられながら、ゆっくりと腰を揺すられる。

「あんっ……」

自分でも驚くぐらい高い声が出て、頬を赤くした。

しかし、そんなことに構ってられないぐらい、熱杭に体内を擦られるのは気持ちがいい。

「は……ぁ……ガーシュ、イン……」

後孔からは愛蜜が溢れて、脈打つ熱杭がなめらかに抽挿できるよう助けている。

あんなにも立派なものが、自分の体内に入るとは思わなかったが、行為は思いの外すんなりと進んだ。

けれどもサナに余裕はなかった。

「あっ、あっ、あん……あぁ……っ」

徐々に激しさを増す腰の動きに翻弄され、身体がガクガクと揺れた。

それと同じ速度でサナの中の感度が増していき、蕩けるような甘い愉悦に頭の中が白くなっていく。

「ガーシュイン、ガーシュイン……」

生理的に浮かんだ涙越しに、愛しい男を見つめた。

その精悍な顔は、どこか苦しげだ。

しかしそれが、快感に耐えている男の顔なのだと、サナは本能的に知っている。

「好きだ……ガーシュイン……好き……」

両腕を伸ばして首に抱きつくと、身体の角度が変わってさらに奥へと肉槍が刺さった。

「あぁ……」

最奥の腸壁を叩かれて、目の前に火花が散る。

「好きだ、サナ……愛してる」

「ガーシュイン……」

こんなにも強い快感なんて、知らなかった。

この世に自分を見失うほどの悦楽があるなど、サナは聞いたことすらなかった。

（ヤバい、ハマりそう……）

心も身体も、自分のすべてがガーシュインに堕ちていく。

もう彼なしでは、生きていくことができないと思うほどに。

「あん、あぁ……もっと……もっとして……ガーシュイン」

初めてなのに、こんな風に求めてしまうのは恥じらいがないのだろうか？

そんなことをふっと思ったが、ガーシュインの体積がググッと増したので、軽薄な自分を彼は気に入ってくれたらしい。

「気持ちいいか？　サナ」

「気持ちいい……気持ちい……」

問いに答えた時だった。

身体を離され、ひと際感じる箇所を先端で突き上げられた。

「ひっ……あぁぁ……っ」

驚くほど簡単にサナは吐精し、熱いしぶきを自分の腹にぶちまけた。

それと同時に、ガーシュインが強く腰を突き入れる。

彼も中で弾けて、白い熱に内壁が濡れていく。

「あ……あ……ガーシュイン……」

それすらも気持ちが良くて、サナは身体を震わせながら、彼の精を受け入れた。

「サナ……サナ……」

掻き抱かれて、唇を重ねた。

角度を変えて、何度も何度も互いの唇を求めあう。

「ガーシュイン、気持ち良かったか？」

乱れた鬣を直してやりながら訊くと、

「あぁ。最高だった」

と微笑まれ、サナはにやけが止まらないほど嬉しくなる。

「じゃあ、もう一度するか？」

ワクワクした気持ちで問うと、困ったように笑われる。

「そんなに可愛いことを言うと、お前を抱き潰してしまうかもしれないぞ？」

「俺はそんなにやわじゃない。大丈夫だ」

「そうか。頼もしいな」

額に口づけられ、ガーシュインが体内からずるりと出ていく。

「あんっ！」

その感覚に再び身体を震わせながら、喪失感で泣きたくなる。

「もうしないのか？　ガーシュイン」

横に転がった恋人に訊ねると、彼はニヤリと笑った。

「俺の腰に跨ることはできるか？」

「もちろん」

「それじゃあ俺が尻を広げてやるから、ゆっくり腰を落とせ」

言われて彼の下半身を見れば、すでに性器は勃起していた。

「すごい……」

思わず口にしてしまい、声を上げて笑われた。

「どうする？　サナ。もう一度しないのか？」

「する！　もう一度するぞ！　ガーシュイン！」

この誘いに、サナはガーシュインが言う通り、彼の腰に尻を落とした。

そうして夜空が明るくなるまで、彼の手練手管に啼かされたのだった。

それから三日間、サナは熱を出した。

泊まった城の部屋中に、朝露を含んだバラのような甘い香りが立ち込めている。

サナの看病をする者は、ヒトの従者だけと決められた。

なぜなら、サナは発情していたからだ。

(俺がオメガだったなんて……)

四日目。

熱も下がり、発情期も終わったサナは、ガーシュインに会うため彼の部屋を訪れた。

「サナ！　もう大丈夫なのか?」

「あぁ」

駆け寄ってきた獣人に、思わずサナは抱きつく。

ガーシュインの香りが愛おしい。

少し高めの体温も、心の底から心地良いと思った。

彼と出会ってから、四日間も会わずにいたことなどなかったサナは、寂しくて寂しくて仕方なかった。

熱と疼きに苛まれる身体よりも、ガーシュインに会えないことの方が、ずっと辛かったのだ。

「サナ……あぁ、サナ……」

彼も同じ気持ちだったらしく、強く強く抱き締め返してくれた。

彼は発情期中のサナを本能のままに襲ってしまわないよう、会いに来るのをずっと控えてくれていた。それが発情期中のオメガに対する、獣人の礼儀だと言って。

唇を奪われ、彼の鬣に指を埋めた。

柔らかな肉球で頬をなぞられて、その感触にうっとりする。

「……無礼を承知で、何度もサナに会いに行きたかった」

「ガーシュイン……」

額を合わせて囁かれ、サナはその鼻先にキスをした。

「でもよかった。熱も下がって体調が良くなったのなら、それに越したことはない」

「あぁ」

横抱きにされて連れて行かれたのは、部屋の中央にあった豪奢なゴブラン織りのソファーセットだった。

そこの長椅子に下ろされて、彼も隣に座る。

するとローテーブルの上に、赤いリボンがかかった箱が置かれていた。

何気なくそれを見つめていると、ガーシュインがその箱をサナに手渡した。

「初めて発情期を迎えたサナに、プレゼントだ」

「プレゼント?」

首を傾げながらリボンを解いて蓋を開けると、そこには黒い首輪が入っていた。

「何色にしようか悩んだんだが、サナはシンプルな物が好きだと思って。長く愛用できるよう、黒を選んだ」

その首輪は、経験のある職人が丁寧に作ったとわかる立派な品で、軽くて着け心地は良いが、ふいに獣人にうなじを噛まれたとしても、防げるほどの強度を持っていた。

オメガは、獣人にうなじを噛まれると、その者と永遠に番ってしまう。

他のヒトや獣人と身体を繋げようとすると、気持ちが悪くなったり、熱を出すようになるのだ。

だから自衛のために首輪をしているオメガがほとんどで、サナも熱に浮かされている間、首輪を用意しないとな……とぼんやり思っていたところだった。

「ありがとう」

「どういたしまして。よく似合っているよ」

彼の手でつけてもらった首輪を、サナは指で撫でる。

どうやらガーシュインは、初めて身体を繋げたあの晩、サナがオメガではないか？　と気づいたらしい。

「なぜ気づいた？」

「それはお前の蕾が潤んでいたからだ」

「つ……蕾って……」

ほんのり頬を染め、サナは恥ずかしくてちょっとだけ俯いた。

「大事な話だよ、サナ。こっちを向いて」

「わかった」

言われて、ガーシュインのオッドアイを見つめた。

「それに、サナの蕾は解れるのがとても早かった。きっと俺を受け入れる時、あまり苦しまずに済んだはずだ」

「あぁ。とても気持ちが良かった」

「サナはストレートだな」

今度はガーシュインの鼻先がピンク色になった。

これは彼が照れている証拠だ。

少ない地肌が見える場所が、照れるとピンク色に染まるのだ。

ガーシュインは（誰と比べているのか知りたくなかったので、あえて訊かなかったが）、他の男性ならば獣人を受け入れられるほど後孔が解れないことや、愛液が溢れることがないことも教えてくれた。

サナはそんなことをまったく知らなかった。

自慰をすれば後孔が濡れるのは当たり前のことだったし、勃起するのと同じぐらい自然な生理現象だった。

後孔が柔らかく、解れやすいかどうかはやったことがないのでわからないが、自分を抱いた獣人であるガーシュインがそう言うのだから、そうなのだろう。

「あともう一つ、サナに話しておかなければならない大事なことがある」

「なんだ?」

急に改まった彼に、サナも姿勢を正した。

「俺には、生まれた時から国同士が決めた許嫁がいる」

「なんだ、そんなことか」

「なんだ……って。サナは怒らないのか？」

「別に」

ガーシュインは許嫁のことを聞いて、サナが激高すると覚悟していたらしい。

一発二発は殴られることも、想定していたようだ。

しかし、サナはけろりとした顔で話を続けた。

「俺は別に怒らない。何より『今』が大事だからな。命ある『今』を、大好きなお前と一緒に過ごしたい。願うのはそれだけだ」

戦場で生きる時間が長かったサナは、恋人がいながら命を落とす者をたくさん見てきた。

だから、平和な国で愛しい者と過ごせる時間があるだけで、幸福なことだと思っている。

それに、自分は兵士だ。

しかもヒトだ。

一国の王太子であるガーシュインと、結婚できるなどと微塵も考えていない。

どんなに愛していても、身体を繋げても。

彼はいずれ立派な相手と結婚し、国を統べる者となるのだ。

そんな偉大なことの前では、自分の嫉妬など実に些末だ。

自分にそう言い聞かせて、サナは胸の痛みなど感じない振りをした。

それに、この恋は期限つきだった。

ガーシュインが留学を終えて、祖国へ帰るまでの期限つき——。

今なお、申し訳なさそうにこちらを見るガーシュインに口づけると、サナは彼の膝の上に乗った。

そしてベルベットのような毛で覆われた耳に、言葉を吹き込む。

「なぁ、ガーシュイン。しよ?」

「しよって……身体は大丈夫なのか?」

「もう何ともない。早くガーシュインに抱かれたい。会えなかった四日間分愛し合いたい」

「サナ……」

許嫁の件でガーシュインはまだ何か言いたそうだったが、サナはそれよりも早く彼を全身で感じたかった。

確か、ガーシュインの留学期間はあと一年だ。

この一年の間に、彼とは一生分愛し合わなければならない。

そう思うと、一分一秒がサナには惜しかった。

長椅子に彼を押し倒すと、シャツのボタンを自ら外した。

そして、世界で誰よりもお前を愛している……と伝わるように、サナは深く深く口づけたのだった。

セルディンティーナ王国に到着したサナは、リンリンの顔をガーシュインに見せ、なぜ結婚しなかったのか理由を聞いたら、またフィーゴ国へ帰るつもりだった。

だから、あの家はまだ契約していたし、家賃も前払いで置いてきた。

しかし帰るつもり……というのは、自分の想いを律するためで、現実的には難しいのではないかとも考えていた。

なぜならリンリンはセルディンティーナ王国の王位継承権第一位の身であり、サナは幼い我が子から離れようなどとは、一切思っていなかったからだ。

中庭のバラ園で再会したガーシュインは、サナがお腹に子を宿したまま自分のもとを去ったことを、言及しなかった。

ガーシュインに許嫁がいることを知っていて、二人は付き合っていたのだ。

だからだろう。

サナの「言えるわけがないだろう」という言葉で、ガーシュインはすべてを察してくれたようだった。

「今日から泊まる、お前たちの部屋へ案内しよう」

そういって話題を変えたガーシュインは、リンリンを片腕に抱いたまま城の中へと入って行った。

サナもあとを付いて行く。

城の中は、さすが大国の王城だと思わせる豪華さだった。

床には赤い絨毯が敷かれ、壁には歴代王の肖像画や美しい絵画が飾られ、天井は高く、至るところに精緻な金細工が施されていた。

長い廊下を渡り広間へ出ると、そこだけ雰囲気が違っていた。

壁には花や小鳥や猫など愛らしいものが描かれ、シャンデリアも豪奢なだけでなく華奢で繊細なものに変わった。

そして部屋の一番奥には金色の両開きの扉があり、儀仗兵が槍を持って守っている。

ガーシュインが扉に近づくと、儀仗兵は大きなそれをすっと開けた。

「ここから後宮になる。二人の部屋は後宮に用意させてもらった」

振り返ったガーシュインの言葉に、サナは小さく頷いた。

国王の子どもは後宮で育てるものだ。

だから後宮に部屋を用意されたのは、至極真っ当なことだと思う。

しかし自分は、ガーシュインの妻でも側室でもないのに、泊まっていいものかとためらう。

いっそのこと兵舎に部屋を用意してもらった方が、落ち着くかもしれない。

そんなサナの心情を読み取ったのか？　ガーシュインは小さく微笑んだ。

「お前は王太子の生母だ。後宮にいてもらわないと困る」

「わかった」

三人は、漆喰の壁が美しい空間へと足を踏み入れた。

大きな窓からはシンメトリーの庭が臨め、陽の光もたっぷりと入ってきた。

飾られている絵も花や子どもなど可愛らしいものに変わり、ここが子どもを育てる場所なのだと如実に表していた。

「ガーシュインも小さい時はここで育ったのか？」

「あぁ、十二歳になるまでここで暮らしていた」

サナから声をかけられたことが嬉しかったらしく、ガーシュインの笑みが深くなった。

しばらく南へ向かって歩いていると再び両開きの扉が見え、両側にはドレスに身を包んだ獣人の侍女が四人立っていた。

「お待ちしておりました。リンディー様、サナ様」

「今日から彼女たちがお前たち世話係だ。なんなりと申しつけるといい」

「よろしくお願いしますのん！」

リンリンが頭をぺこりと下げると、侍女たちはくすくす笑いながら膝を折ってくれた。

「よろしく頼む」

サナも頭を下げると、彼女たちは「はい」と答え、笑顔で扉を開けてくれた。

「わぁ！　すごいですのん！」

明るく美しい部屋に、リンリンはガーシュインの腕から降りると駆けていった。

三階にあるこの部屋は一番南に面していて、日当たりも風通しも大変良かった。

そして、考えるのも馬鹿らしくなるぐらい広い部屋には、大きな天蓋付きのベッドと立派なソファーセット。机と書棚と暖炉があり、二人だけで過ごすにはもったいないほど豪華な部屋だった。

「こんな広い部屋、俺とリンリンだけじゃもったいないな……」

サナが呟くと、

「俺もまめにここへは通う。俺とお前とリンリンの三人で使うことになるだろう」

「えっ？」

振り向き、サナは頬を染めてガーシュインを見た。

「父親が、我が子とともに過ごしたいと思うのは当たり前のことだろう？　それとも何か不都合でも？」

「い、いや……」

別に深い意味などなかった言葉に、過剰に反応してしまった自分が恥ずかしい。

付き合っていた頃の濃密な時間を思い出して、サナは小さく咳ばらいをした。

しかし、ちょうど良いタイミングだったので、サナはどうしてガーシュインが許嫁と結婚しなかったのか？　訊こうと思った。

「なぁ、ガーシュイン」

「なんだ？」

その時だ。

どんっという衝撃とともに、リンリンが脚に抱きついてきた。

「サナ！　お父様！　ベランダからお池が見えますのん！　鴨の親子がいますのよ～！」

はしゃぐリンリンに連れられ、二人は部屋の中に入った。

リンリンが元気に起きている時は、ゆっくり話はできないな……と思いながら、サナはまたの機会に訊ねることにした。

なぜ、ガーシュインは許嫁と結婚をしなかったのか……を。


本城の食堂室でガーシュインとリンリン、そしてニーナと一緒に夕飯を取り、部屋に備えつけられている風呂にリンリンと入って、泡だらけになって身体を洗って遊んだ。

そうして寝間着に着替えた頃には、リンリンはうとうと……としだし、『一億年生きたメダカ』の話をする前に眠りに落ちてしまった。

暑くもなく寒くもなく、ちょうどよい室温の中。

サナがベッドで横になって、スヤスヤ眠るリンリンの背中を優しく叩いていた時だった。

コンコンとノックされる音がして、サナは白いパジャマ姿のまま両開きの扉を開けた。

「ガーシュイン」

そこには寝間着の上から青いガウンを羽織ったガーシュインが立っていて、ひよこの絵が描かれた可愛い絵本を翳した。

「リンリンに読んでやろうと思ってな」

にっこりと微笑んだ彼に、サナは肩を竦めた。

「残念だったな。リンリンは今眠ったところだ」

「そうなのか？」

サナの頭上から部屋の最奥にあるベッドを覗いて、ガーシュインはリンリンが眠っている姿を確認してから、落胆のため息をついた。きっと離れていた分、父親らしいことがしたかったのだろう。

「…………」

リンリンが寝ているとわかったら、ガーシュインはすぐに部屋へ帰るだろうと思った。

なぜなら、彼はそれ以外にここに用はないはずだ。

しかしガーシュインは絵本を手に持ったまま、サナの前から動こうとしない。

むしろ何か言いたげな様子で、こちらをちらちらと見ている。

サナも、そんなガーシュインをちらちらと見た。

獣人は、見た目だけでは年齢がわからないが、ガーシュインは二人が別れた六年前と何一つ変わっていなかった。

そんな彼を見つめていたら強い思慕を感じて、サナは急にガーシュインと別れてしまうのが堪らなく惜しくなった。

「も……もしよかったら。息子の寝顔でも見ていくか？」

「もちろん」

言葉に少し詰まってしまったのは、緊張からだった。

けれどもガーシュインは、サナの緊張すら受け止めてしまうような、温かい笑顔で頷いた。

たぶんガーシュインは、この部屋に入りたかったのだ。

嬉しそうに動く尻尾から、サナはそう感じた。

サナが歩き出すと、ガーシュインも大人しくあとを付いてきた。

そして、リンリンが眠る大きなベッドの縁に二人で腰掛ける。

「自分の息子とは、本当に可愛いものだな」

「どうして自分の息子だと信じるんだ？」

サナの意地悪な問いに、ガーシュインはふっと笑った。

「俺が小さい頃にそっくりだからだ。西の広間に、俺が五歳の時の肖像画がある。明日にでも見せてやろう。それに……」

「それに？」

「ゴールデンブラウンの毛並みにオッドアイは、我がセルドバルト家の長男にしか現れない珍しい特徴だ。この二つの点からリンリンが我が子だと確信した」

「そうか」

確かに、これだけ特徴的な容姿をしていれば、リンリンを一目見たセルディンティーナ王国の者は、この子が王太子だとすぐにわかるだろう。

ガーシュインは慣れない手つきで、リンリンの頭をそっと撫でた。

そして優しく背中を擦る。

「本当に可愛いな。それに、サナに似たところもある」

「似たところ？」

「あぁ。こうしてうつ伏せになって寝入るのは、サナとそっくりだ」

「どうして……そんなこと覚えて……？」

カッと頬が熱くなった。

確かに、リンリンはサナと寝相がよく似ていた。

うつ伏せに寝るのも、枕の端を掴まないと安心できないのも、リンリンは自分と寝姿がそっくりだった。

「お前のことは何一つ忘れていない。昨日のことのように全部覚えている」

真っ直ぐと見据えられ、サナも視線が逸らせなくなる。

きらきらと光を含む綺麗なオッドアイに見つめられると、お互いだけがすべてであったあの頃に、戻ってしまいそうになる。

「どうして……？」

「ん？」

サナの呟きに、ガーシュインの耳が小さく動いた。

「どうしてお前は、許嫁と結婚しなかったんだ？」

ずっと気になっていたことが、今ならするりと訊けた。

この問いに、ガーシュインはこちらを見つめたまま答える。

「帰国してしばらくしてから、許嫁の国がなくなったんだよ。だから俺たちの結婚もご破算になった」

「国がなくなった？」

サナは驚いて、身を乗り出した。

「あぁ。隣国のロッドラッド王国は、クーデターにあって王室が滅んだ。それと同時に国もなくなり、我が領土の一部となったんだ」

「クーデター……」

「もともと国民に、苦しい生活を強いていた国だったからな。レジスタンスが集結するのも時間の問題だった」

サナはガーシュインと別れたあと、彼の情報が一切耳に入らないよう、大陸の最北の街でリンリンを出産した。

妊娠していて精神的に不安定な時に、ガーシュインが結婚したと聞かされたら、気持ちを穏やかに保つことができないと思ったからだ。

だから、ガーシュインが結婚していなかったことすらずっと知らなかった。

もうすでに結婚して、温かい家庭を持っているのだと勝手に思い込んでいた。

しかし、彼はまだ独身だった。

「……でも、それを聞いて安心した」

サナが呟くように言うと、ガーシュインが首を傾げる。

「どうして？」

「自意識過剰かもしれないが、俺を忘れることができなくて結婚しなかった……なんて言われたら、荷が重いからな」

心の中で、サナは自嘲の笑みを浮かべた。

なんだ、そうか……と。

自分は何を期待して、この国までやってきたのか？　と。

もしかしたら、ガーシュインが「お前のためにずっと結婚しなかった」と言ってくれるのではないかと、サナは期待していたのかもしれない。

やっぱりお前と結婚したいと言ってくれるかもしれないと、甘えた考えを持っていたのかもしれない。

しかし、許嫁の国が滅んで結婚できなくなったのだと知った今。

サナは心の中で、愚かな自分を笑うことしかできなかった。

「荷が重い……か。確かに荷が重いかもしれないな」

ガーシュインは他人事のように言葉を続けた。

「サナと結婚したいがために、俺は国を一つ滅ぼしたのだからな」

「……は？」

彼が何を言っているのか、最初サナは理解できなかった。

「ロッドラッド王国のレジスタンスに、金と武器を与えたのは俺だ。そうして国が滅べば、ロッドラッド王国の王女と結婚しなくて済むからな。だから俺は、サナのために国を一つ消した」

「……お前、何言って……」

「セントガイナから帰ってきた時には、もう父王の意識はほとんどなかった。もともと身体が弱い人だった。だから実質上政権を握った俺は、一番最初にロッドラッド王国のレジスタンスを援護すると表明した。表向きは領土拡大という名目で」

「ガ、ガーシュイン……」

サナは聞かされた事実に、背筋がすーっと冷たくなった。

愛しい男の闇を見た気がして、指先が僅かに震えた。

「あの頃の俺は、お前を失ってどうかしていたからな。どんなに探しても見つからない上、お前が妊娠していたという噂まで聞いて、本当に胸が引き裂かれる思いだった」

「だからって、国を滅ぼすなんて……っ！」

声を荒げてしまったサナの唇に、ガーシュインの人差し指がそっと当てられた。

「しーっ、リンリンが起きてしまうぞ」

まだ言いたいことがあったが、サナはこの言葉に口を噤んだ。

眉間に皺を寄せ、複雑な表情で向かい合う獣人を見つめる。

「この際だからはっきり言っておく。俺は今でもサナのことを愛している。六年経ってもこの気持ちは変わらない。今でも正妻としてサナを迎えたいと考えている」

「ガーシュイン……」

サナだって、彼を忘れたことなど一日もなかった。

ここへ来たのだって、吹っ切ることができないガーシュインへの想いに、決着をつけるためだった。

しかしガーシュインは、自分と結婚したいがために、許嫁の国を滅ぼしたという。

しかも、今なお自分と結婚したいと。

愛していると言ってくれた。

(でも俺とガーシュインじゃ、身分が釣り合わない……)

そう考えて黙り込んだサナの頬を、ガーシュインが優しく撫でてくれた。

「お前が次期国王の生母であることは、紛れもない事実だ。それを踏まえて、俺との結婚を前向きに考えてほしい」

「………」

この言葉に、即答することはできなかった。

自分はいい。

周りからどんなに嫌味を言われようと、嫌がらせを受けようと、ガーシュインと一緒にいられるのならきっと耐えられる。

いや、甘んじて受け入れよう。

しかし、その影響がリンリンや現国王であるガーシュインにまで及んでしまうのが怖かった。

ヒトを妻にした国王など、これまで前例がない。

後宮にヒトを囲っていたり、次期国王の母親がヒトである場合もあるが、それはみな側室という立場で正妻ではない。

ヒトを正妻などにしたら、ガーシュインは国王としての信頼を失うのではないか？

笑い者になってしまうのではないか？

これがサナの一番の憂慮だった。

「……側室じゃ、だめなのか？」

サナの提案に、ガーシュインは首を横に振る。

「サナに、側室なんて肩身の狭い思いはさせられない。俺の正妻として……次期国王の生母として堂々と生きてほしい」

ガーシュインはたおやかな性格をしていそうで、芯の強いところがある。

それは自分に対する愛情に強く表れる傾向があって、サナは付き合っていた頃もそれを感じていた。

だから自分は逃げたのだ。

彼の負担になりたくなくて。

彼を国民の笑い者にしたくはなくて、サナはガーシュインの前から姿を消した。

六年前の、あの暑い日に。

その日の夜、サナは久しぶりに夢を見た。

それは愛しい獣人と過ごした、大切な一年。

「――ガーシュイン！」

「サナ！」

南門の警備を終えると、自分を迎えにやってくるガーシュインを遠方に見つけ、サナは制帽を取ると駆け出した。

するとこちらに気づいたのか？　ガーシュインは両腕を差し出して歩を止めた。

そんな彼に、サナは飛び上がって抱き着くと、足まで腰に絡ませる。

「愛してる、ガーシュイン」

「俺も、サナが好きだ」

額を合わせて愛を囁き合っていると、

「今日もラブラブだな、サナ！」

仲間の警備兵に通り過ぎざまに声をかけられ、「羨ましいだろ！」と言ってやる。

「ガーシュイン、今夜もうちに泊まるだろう？」

笑顔で訊ねれば、大きく頷かれた。

「もちろん、そのつもりだ。だから夕飯の食材を買って帰ろう」

「あぁ」

人目を憚ることなく唇を合わせてから、サナは獣人から飛び降りた。

学術都市セントガイナでは、真面目に勉学に励めば恋愛は自由だ。

しかも期限つきで留学している学生が大半なので、つかの間の恋を謳歌する者も多く、ここでの恋愛に職業や身分の差は関係なかった。

だからサナとガーシュインが付き合っていても、咎める者は誰一人いなかった。

ガーシュインの従者でさえ、この頃は寛大に見てくれるようになっていた。

二人で市場に寄り、夕飯の食材を買い込んで、サナが一人で暮らす小さな家へ向かう。

ガーシュインが住む離宮にも何度か泊まったことはあるが、豪華な生活に慣れていないサナは疲れてしまうので、最近はもっぱら小さな家で一緒に過ごすことが多かった。

家へ着くのと同時に食材をテーブルに置き、二人は唇を重ねた。

そして互いに服を脱がせ合って、シャワーを浴びる。

ガーシュインは石鹸をつけるとよく泡立つので、彼の身体に自分の身体を擦り合わせるようにして、サナも自分の身体を洗った。

すると自然と雰囲気は甘い方向へ流れてゆき、サナの尖った乳首を、ガーシュインは当たり前のように捏ね出した。

「んっ、ガーシュイン……」

その愛撫を受け入れると、腰を抱かれて互いの密着度が増した。

ガーシュインの首に両腕を回して、舌を吸い合う濃厚なキスをする。

サナの腹に硬くなったガーシュインの熱が当たり、それに呼応するようにサナの肉芯も頭を擡げる。

「は……ぁ、ガーシュイン……」

「サナ……サナ……」

バスタブの縁に片足を載せると、ガーシュインはサナの引き締まった尻を存分に撫で回し、潤んだ蕾へと指を挿入した。

「ふ……ぅん」

くちゅくちゅ……と指を抜き差しされて、甘い吐息が零れた。

時折前立腺を弄られて、身体がびくんびくんっと跳ねた。

前にも刺激が欲しくなり、サナはガーシュインの足に自身の性器を擦りつける。

そして石鹸で滑りが良くなった自分の腹で、ガーシュインの長大な猛りも艶めかしく擦り上げてやった。

「――サナは本当にいやらしいな」

熱い吐息で笑いながら、ガーシュインが上から見下ろしてきた。

「こんな俺は嫌いか？」

上目遣いに訊ねると、「いいや」と首を振られる。

「大好きに決まっているだろう。お前とこういうことをしている時が、人生で一番楽しいし幸せだ」

深く口づけられて、サナはそれに必死に応える。

サナも、自分がこんなにもセックスにハマるとは思わなかった。

いや、自分はガーシュインにハマっているのか?

そう思うと、なぜかニヤニヤしてきてしまう。

これほどまでに人を愛することができるなんて、自分の人生の中で最高に幸せだったからだ。

「ガーシュイン……俺も、今が一番幸せだ」

「サナ……」

「この世に生まれてこられて……お前と出会うことができて、本当に良かったって思う」

「俺もだ、サナ。お前をこの星で一番幸せにしたいと思う」

「ありがとう、ガーシュイン」

「永遠に一緒にいよう」

澄んだ瞳で見つめられ、サナは困ったように微笑んでから、愛しい獣人に口づけた。

そして彼への返答をごまかすように、淫らな行為を再開する。

この恋は、期限つきだ。

出生も家柄も身分も関係なく、恋愛自由ができる学術都市だからこそ許される、甘い恋。

あと三カ月でガーシュインの留学も終わる。

その時、二人の恋も終わるのだ。

しかし、それから数日たったある日。

サナは南門を警備している最中に、貧血で倒れてしまった。

貧血で倒れるほど、軟弱な身体などしていないのに……。

ヘルセーナ大学内の医務室で目覚めたサナは、意識が戻ったのと同時に、当直の女医に「妊娠している可能性が高い」と言われた。

「妊娠……?」

ベッドに腰掛け、サナは他人事のように女医の話を聞いていた。

妊娠している実感など、まったくなかったからだ。

「そうよ。明日にでも、大学付属の病院で検査を受けた方がいいわ」

そう言って紹介状を書いてくれた彼女に、サナは礼を言う前に懇願していた。

「お願いです。このことはガーシュイン・アル・セルドバルトには、絶対言わないでください」

「わかったわ」

こうして医務室を出ると、サナが倒れたと聞きつけたガーシュインが、こちらに走ってくるところだった。

「サナ！　もう体調はいいのか!?」

その顔は青白く、いつもより動きが挙動不審だ。

「大丈夫だよ、ガーシュイン。昨日もたくさんしたからな。寝不足で倒れたらしい」

「そうか……ならば、早く家に帰って寝よう。俺も授業が終わったところだ」

「あぁ」

女医が書いてくれた紹介状を尻ポケットにしまうと、サナはいつもと同じ明るい笑顔を浮かべた。

翌日、ヘルセーナ大学付属病院の産科で、サナは妊娠四カ月であることがわかった。

この時、サナはガーシュインと別れること。

そして腹の子を無事に産み、一人で育てることを決意した。

——二カ月後。

大きくなってきた腹が目立つ前に、サナは小さな家を引き払う準備をして、警備兵を辞める辞職願も出し、いつでも旅立てる用意をしてから、ガーシュインの屋敷を訪ねた。

もちろん彼は笑顔で出迎えてくれ、二人で愛を語らい、口づけを交わし、目立ち始めた腹がガーシュインに見えないよう、シャツを脱ぐことはせずに、サナは彼と身体を繋げた。……これが、最後の交わりなのだと噛みしめながら。

早朝。

医務室から拝借してきた睡眠薬をガーシュイン用の紅茶に仕込んだサナは、二人で朝焼けを見つめながら寄り添い合っていた。

「——なぁ、ガーシュイン」

ベッドの中で、隣に座る彼に何気なく声を掛ける。

「なんだ?」

「俺、もうお前に飽きたらしいんだ」

「……は?」

緊張と胸の痛みから指先が震えて、サナのティーカップがカタカタと揺れた。

しかしそれをなんとか隠すと、平然とした態度で言葉を続ける。

「もうお前と一緒にいてもつまらないし、セックスしてても楽しくない。キスをするのはもっと嫌だ。それぐらい、お前のことが嫌いになった」

「何を言ってるんだ？　サナ」

先ほどまでの態度とは打って変わって、真逆なことを言い出した恋人に、ガーシュインは驚きを隠せないようだった。

「だから、別れてほしい」

「別れるって……」

紅茶をサイドテーブルに置き、ガーシュインはサナの両肩を掴んで正面を向かせた。

「お前、本気でそれを言っているのか？」

訝しげな顔で問われて、サナは大きく頷く。

「もちろん。だってお前には許嫁がいるだろう？　それに一国の王太子だ。俺はそんな面倒くさい奴と一生を共にする気はない」

「サナ……」

突然の酷い言葉に、ガーシュインのオッドアイが動揺に揺れていた。

「でも、一緒にいられた一年間はとっても楽しかったぞ。本当に夢みたいな時間だった」

そう言って零れそうになる涙をぐっと堪えると、サナはキラキラした思い出を胸の中で反芻しながら、一生分の笑顔をガーシュインに向けた。

「ありがとう、ガーシュイン。本当に愛してた。そして……さようなら」

「サ……サナ……？」

睡眠薬が効き始めたのか？　ガーシュインは頭に手を当てると何度か頭を振り、最後はサナに縋るようにして、ずるずるとベッドに沈んでいった。

「本当に、本当に……大好きだった」

涙が一筋頬を伝い、サナはそれを拭うと身支度を整えて、決意とともに離宮をあとにした。

それからサナは、ガーシュインの前から姿を消した。

彼が見つけ出してくれるまで。

＊　＊　＊

「リンリーン！」

「ハルカせんせーい！」

長旅の疲れも見せず、リンリンが通っていた託児所で保育士をしていたハルカは、馬車から飛び出すとリンリンを力いっぱい抱き締めた。

「お久しぶりですのん！　こうしてまた会うことができて、感激してるんだわ！」

「リンリンも嬉しいですのん！　またハルカ先生にたくさん遊んでもらえますのん！」

「リンリーン！」

「ハルカせんせーい！」

二人が抱き合う姿を、王城の馬車止めの前でサナは微笑ましい気持ちで見つめていた。

セルディンティーナ王国へやってきて三カ月。

季節はもうすぐ夏になろうかという頃。

フィーゴ王国から王太子の専属養育係として、ハルカとパートナーである医師の男性がやってきた。

相変わらずハルカのソルニア語は個性的だったが、セルディンティーナ王国の公用語もソルニア語なので、生活するには困らないだろう。

「この度は王太子殿下専属の養育係をご用命賜り、誠にありがとうございますのん。喜んでご恭順いたしますのん」

ハルカと医師の男性は、サナと隣に立つガーシュインに深々とお辞儀をすると、実にスマートに挨拶をした。

「そなたがハルカ・ラファエルか」

「はいですのん」

ガーシュインは目を細めると、足元へやってきたリンリンの頭を撫でた。

「遠いところを呼び立ててすまなかった。リンリンが、養育係はハルカが良いと言ってきかなくてな。俺が用意した養育係をクビにしてしまったんだ」

「お父様、リンリンはクビにしたんじゃありませんのん！　あの人の言うことは聞かないって言っただけですのん！」

ぷぅっと頬を膨らませたリンリンを、ガーシュインは笑いながら抱き上げた。

「言うことを聞いてもらえない養育係は、クビも同然だぞ。リンリン」

「だって、あの人はリンリンが木登りすると『危ない』って怒りますのん。それにランランのことも『汚れてる』って言って、取り上げようとしたんだわ」

「それは悲しい思いをさせたな。でもハルカは一緒に木登りもしてくれるんだろう？」

「はいですのん！　ハルカちゃん、木登りは得意なんだわ！」

「リンリン、ハルカ先生のこと大好きなのーん！」

「あーん！　ハルカちゃんもリンリンが大好きですのよー！」

ガーシュインの腕から降りると、リンリンは再びハルカときつく抱き締め合った。

環境も整い、城での生活にリンリンも馴染みだしたこともあって、サナは先日フィーゴ王国の家を引き払った。

自分はガーシュインの正妻には決してなれないけれど、リンリンは紛れもない王太子だ。

それを考えれば、この国で安全に守られながら、国王になるべく教育を受けた方がいい。

そしてもう一つ、リンリンを連れてフィーゴ王国へ帰れない要因ができた。

「――あらぁ、私はサナが後宮に留まることを反対なんかしていないわ。側室としてならいつまでだっていていいのよ」

家族が集まる茶会で、クッキーを食べるリンリンを膝の上に座らせながら、優雅に紅茶を啜る獣人はマリアンヌだ。

いつも鬣を美しく結い上げて若く見える彼女は、セルディンティーナ王国の名門貴族出身で、ガーシュインの実母だった。

「ですから母上、俺はサナを正妻にすると何度も話しています」

「それはだめよぉ。サナはヒトよ。ヒトは太古の昔から獣人よりも卑しいの。そう神様がお決めになったのよ。ね、ニーナ」

他意のない無邪気な彼女の言葉に、ニーナは深いため息をついた。

「お義母様、その考え方はもう古いわ。今ではヒトであっても、貴族や王妃にするべきという市民運動も起きているほどよ。それにヒトであるだけで卑しいだなんて、以ての外だわ」

「まぁ、怖い。そんなに目を吊り上げなくてもいいじゃない」

彼女は眉を下げて悲しげな顔をすると、今度はサナに同意を求めた。

「サナだって、正妻になりたくてここへきたわけじゃないんでしょう？　だったら無理に王妃になりたくないわよねぇ」

「……はい」

「ほら、聞いたでしょう？　ガーシュイン。サナは王妃になりたくないって」

「それは母上が強要したからでしょう！」

「ガーシュインまで目を吊り上げて……どうしてうちの子たちはこんなに怖いんでしょうね？」

目の前のおやつに夢中なリンリンを抱き締め、彼女は嘘泣きを始めた。

この様子に、ガーシュインも額に手を当てる。

そうなのだ。

ガーシュインの実母であり、前王妃であるマリアンヌが、やっかいな人物なのだ。

彼女は根っからのお嬢様育ちで、世間知らずで、純粋で無邪気なのだ。

だから貴族世界で起きていること以外興味はなく、ヒトは『野ネズミ』だと本気で思っている。

しかし、だからといって悪い獣人ではない。

優しさはある。

しかも孫であるリンリンをとても可愛がっていて、心の底から愛してくれている。

サナのことも、『野ネズミ』ではあるけれど、大事な孫の生母なので、彼女なりに敬ってはくれている。

このことから、サナはますますセルディンティーナ王国から出ることができなくなった。

リンリンを可愛がる彼女が孫を手放すわけもなく、きっとセルディンティーナ王国を出ると言えば、サナだけ快く出されるだろう。

我が子を、人質に取られたようなものだ。

茶会を終え、ぐったりした気持ちで部屋へ戻ろうとすると、ガーシュインが追いかけてきた。

「サナ！」

「どうした？　このあと公務が残っているだろう？」

「そうなのだが……その前に一振りどうだ？」

ガーシュインから模擬剣を受け取ったサナの瞳は、水を得た魚のように輝きだした。

「お前が手合わせしてくれるのか？」

「もちろん。それとも、俺では相手にならんか？」

「そんなことはない！　行くぞ、ガーシュイン！」

この言葉に、二人は少年のように駆け出して中庭へ出た。

そして広場で構えると、互いに間合いを詰め、呼吸があったところで剣を振り下ろす。

身体がなまってしまうのが嫌で、サナは城へ来てからも、兵士相手に剣の練習はしてきた。

しかし、こうしてガーシュインと手合わせするのは、セントガイナにいた時以来だ。

ガーシュインもとても腕の立つ男で、王太子の頃は戦場で戦ったこともある。

サナは身軽にガーシュインの攻撃を避けると、下方から上へと剣を突き上げた。

それをガーシュインは反るように躱し、再びサナへと剣を振り下ろす。

ガツンッと木製の模擬剣が音を立ててぶつかり、サナは流すようにそれを払い落とす。

「なかなかやるな、サナ！」

「お前こそ！」

サナは今、とても楽しかった。

嬉しかった。

それに身体を目いっぱい動かすことができて、気分もいい。

もともとサナは身体を動かすことが好きで、優雅にお茶ばかり飲んでいる城の生活は窮屈で仕方がない。

その上マリアンヌの無邪気な言葉に心を振り回されて、気疲れもしていた。

ガーシュインは、そんなサナのストレスを察してくれたのだろう。

だからこうして手合わせしてくれたのだ。

忙しい合間を縫って。

「やっぱりサナは強いな」

従者に模擬剣を預け、代わりにタオルを受け取ったガーシュインは、汗を拭いながら笑った。

今日は三戦二勝一引き分けで、サナの勝ちだった。

「そんなことはない。いつも机に座って仕事しているにしては、ガーシュインの勘は確かなものだった」

「手厳しいな」

従者からタオルを受け取り、サナも汗を拭う。

その時、頬に髪が張りついたのだろう。

ガーシュインがそっと髪を指で梳いてくれ、それが流れるようにして剥がれた。

と、同時にサナの心臓がドキンと大きく脈打つ。

頬が一気に熱くなり、ガーシュインから思わず目を逸らした。

「さ……触るな。今の俺は汗臭い」

「そんなことはないさ。ほら、ここの髪の毛も跳ねてる」

そういって再び髪を梳かれ、サナはぱっと距離を取った。

「お……俺の髪形はどうでもいい！　今日も仕事が山積みなんだろう？　早く公務に戻れよ」

「わかった、わかった。また今度手合わせしよう。その時はもっと時間が取れるようにする」

困ったように笑うと、ガーシュインは従者を連れて執務室へと消えて行った。

（はぁ……）

心の中で大きくため息をついた。

実際、サナはため息をついていた。

不意打ちの接触は心臓に良くない……と。

部屋に戻りシャワーを浴びて出てくると、窓から見える海を眺めた。

この城は高台にあり、街も港も一望できる。

夏が近くなり、より一層輝きを増した陽の光を受け、海がきらきらと輝いていた。

ベランダに出ると、サナは心地のよい風に吹かれながら海を眺めた。

赤い髪が、そよ風に揺れる。

この三カ月、ガーシュインと一緒に暮らして痛感したことがあった。

（俺は……まだガーシュインのことが好きだ）

凛々しい横顔も、優しい笑顔も、大きな手のひらも、温かな香りも――。

六年前に別れたあの時のまま、『好き』という気持ちはサナの中で輝いていた。

美しいこの海のように、打ち明けてはいけない想いは、サナの内側でくすぶっている。

互いがいるだけで幸せだった、あの頃のように。

＊　＊　＊

今日はハルカと一緒に、庭の池で魚釣りをしたというリンリンは、夕食の間中ずっと武勇伝を聞かせてくれた。

これに相好を崩したマリアンヌは、「今夜は、ばぁばと一緒に寝ましょうね」と言って、リンリンを自分の部屋へと連れて行った。

何より幸いなことは、リンリンは自分に優しい祖母が大好きだということだ。

これまでサナ以外の家族がいなかったリンリンは、いっぺんに父と叔母と祖母ができた。

この状況に、もともと積極的な性格をしていたリンリンはすんなりと馴染み、毎日が幸せそうだ。

一方サナは、少し気が抜けてしまった。

リンリンが生まれてから一人の夜を過ごしたことのなかったサナは、ぽっかり空いた時間をどう過ごしていいのかわからず、『一億年生きたメダカ』の続きを、自室でノートに書いていた。

もちろんこれはリンリンに話し聞かせるためでもあるが、手持ち無沙汰な時間を埋めるためでもある。

その時だ。

不意に扉がノックされて、赤ワインを手にガーシュインが入ってきた。

「どうした？　こんな時間に」

振り返ると、彼はもう片方の手に持っていた、チーズの盛り合わせを掲げて見せた。

「リンリンがいなくて、暇を持て余しているんじゃないかと思ってな」

「見抜かれてたか……」

サナは心の中で苦笑した。

夜の七時以降、ガーシュインがこの部屋にやってくることは、これまでなかった。

それはリンリンが寝る時間であったのと、彼が多忙で夜遅くまで働いていることが理由だった。

しかし、今日は珍しく仕事が早く片付いたというガーシュインは、最高級のワインを持って遊びにきてくれたのだ。

「飲むか？」

「もちろん」

ペンを置くと、サナはソファーに座ったガーシュインの横に腰を下ろした。

普段なら絶対に彼の隣に自ら座らないのに、今夜は気が抜けていたのだろう。

ほんの少しでもいいから、ガーシュインの温もりを近くで感じたいと思ってしまった。

明かりが絞られたシャンデリアの中、二人でグラスを合わせた。

最初はリンリンのことや日常のことなど、他愛もない話をした。

それだけで楽しくて。

この時間が愛おしくて。

サナはとても心地が良かった。

しかし、ふっと会話が途切れた時、ガーシュインがあることを訊ねてきた。

「サナはあんなに笑顔が可愛かったのに、全然笑わなくなったんだな」

「えっ？」

彼の言葉に、隣にいるガーシュインを見た。

「最初は城に来たばかりで緊張しているのかと思ったが、そうじゃない。今夜もリンリンが面白い話をしていたのに、目元が優しくなるだけで口元は笑っていなかった。なぜだ？　一体何があった？」

思っていた以上にガーシュインが自分を観察していたことに、サナは驚いた。

それと同時に、自分から笑みが消えた理由を話す。

もう過ぎたことだと。

「それは俺にもよくわからないんだが、お前と別れてから笑えなくなったんだ。心の中では面白いとか楽しいとか感じるんだが、表情に出ない」

「表情に……出ない？」

「あぁ。たぶんお前と別れたあの時、一生分の笑顔を使い切ってしまったんだと思う」

オッドアイを見つめて言うと、突然強く抱き締められた。

「ガ……ガーシュイン？」

驚いたサナは、グラスを落としてしまった。

絨毯の上に、それが転がる。

「なぜ……なぜお前はそんなに辛い思いまでして、俺の前から消えたんだ？」

「つ、辛い思い……？　んんっ！」

怒りにも似た叫びを上げたあと、ガーシュインは突然サナの赤い唇を奪った。

大きな舌を差し入れられて、懐かしい感触と愛しさに胸の奥が痛んだ。

と、同時に背筋がぞくぞくと痺れて、久々に官能を覚える。

「や……やめろ！　ガーシュイン！」

唇の角度を変えられた時に叫んだが、ガーシュインは言うことを聞かず、再びサナの唇を塞いだ。

「んぅ……ん……っ」

口内を荒々しく暴かれ、息も絶え絶えになった頃。

やっと唇が解放された。

「お前は、戦場で育った人だ。だから自分の痛みや辛さに鈍いところがある。でも、俺と別れたことで笑顔を失うなんて……どうして、そんな……」

戸惑うサナを抱きしめるガーシュインは、まるで自分を責めているようだった。

彼の前から姿を消したのは自分なのに、どうしてガーシュインが自分を責めるのか？

理解できないまま、サナはおろおろとする。

そうして何か言葉をかけなければと、頭を回転させた時だ。

「あっ……」

身体の最奥から突き上げるような性衝動が襲ってきて、サナは目を見開いた。

「どうした、サナ？　サナ！」

突然身体を震わせたサナに、ガーシュインは顔を覗き込むように身体を離した。

その隙に彼の腕から逃れて、ベッドへと駆け寄る。

「この香りは……発情しているのか？」

部屋中に甘いバラの香りが満ちて、サナは叫んだ。

「来るな……っ！」

立ち上がったガーシュインを手で制し、近づかないようにする。

「今すぐ部屋から出て行ってくれ……っ」

体温が上がった自らの身体を抱き締めて言うと、ガーシュインは困ったように切ない顔をした。

そしてぐっときつく拳を握ると、唇を噛み締めてサナに背を向ける。

これに胸を撫で下ろしたサナだったが、次の瞬間ベッドに押し倒された。

「そんなこと……できるわけがないだろう！　笑顔を失うほど俺を愛してくれた愛しい人を、このまま一人になんてできない」

だめだ！　とサナは首を横に振った。

「俺たちはもう終わったんだ！　俺はもうお前を愛していない！」

だから離せ！　必死に説得したが、彼は聞く耳を持たなかった。

「お前が俺を愛していないというのなら、もう一度惚れさせるまでだ」

「ガーシュイン！」

ボタンが弾け飛び、サナの白いシャツが引き裂かれた。

熱を持った乳首が露わになり、口づけられたのと同時に、それを指先で摘まれる。

「ひっ……あぁっ」

べろりと首筋を舐め上げられて、破かれる勢いでトラウザーズも脱がされた。

「サナの……性器……」

露わになったそれを、ガーシュインは血走った目で食い入るように見つめた。

恥ずかしさに足を閉じようとすると、足首を掴まれて大きく開かされる。

「だめだ……ガーシュイン……」

あの頃に戻ってはいけない。

震えた声で訴えた。

しかし、彼もサナの香りに発情しているのだろう。

自ら上着を脱ぐと、逃げようとしたサナの両腿を抱き込んで、ためらうことなくそれを口に含んだ。

「あぁぁ……んぅっ」

愛しい獣人から与えられた快感に、サナはしなやかな肢体を撓らせた。

白い絹のシーツを掴み、襲い来る快感に耐える。

「うっ……んんぅっ」

敏感な亀頭を細かく舐められて、甘い声が漏れるのを必死に堪えた。

頭を振って、快感を振り切ろうとする。

けれども、そんなことは無駄だった。

普段の身体なら、ガーシュインを蹴って逃げ出すこともできただろう。

けれども発情した今は四肢に力が入らず、巧みな愛撫に翻弄されるだけになる。

「サナ……サナ……」

包むようにサナの熱を手中に収め、ガーシュインはそれを上下に擦り上げた。

「やだ……それ、やめ……っ」

「そうだな、サナはこうされるのがとても好きだ」

「あぁ……んっ」

口淫も理性を失うほど気持ちいいが、ガーシュインの大きな手に包まれて扱き上げられることが、サナはこの上なく好きだった。同時に乳首を弄られると、あっという間に果ててしまうほどに。

「ここも舐めてやろう。サナの可愛い乳首も」

「だ、だめだ！　ガーシュイン、それは……あぁっ」

彼も覚えていたのだろう。サナの性器を扱きながら口角を上げると、赤い舌をひらめかせて、乳首をぺろりと舐め上げた。

「ひ……ぅんっ」

そうして飴玉を転がすように、赤い尖りを丹念に愛撫する。

六年振りの快感に、サナの眦から雫が零れた。

これは快感による生理的なものなのだが、サナの心も涙するほど歓喜していた。

本当は、喜んではいけないのに。

今すぐこんなことはやめなければいけないのに。

それでも愛しい男に抱かれれば、心も身体も愉悦の海に沈んでいく。

「は……あぁ、あん……あぁ」

ぴちゃぴちゃ……と音を立てて乳首を舐められて、ぐちゅぐちゅ……と性器を扱かれ、絶頂が近づいてくる。

「ん……ガーシュ……いく……」

「いっていいぞ。今夜はお前が満足するまで抱いてやろう」

耳殻を甘噛みされ、耳の中に舌を差し入れられた。

するとサナは大きく脚を広げたまま、ガーシュインに見せつけるように白い飛沫を弾けさせる。

「あぁ……っ」

愛しい男の手でいかされることは、こんなにも気持ちが良かったか？

白く霞む頭の中で考えながら、サナはいつまでも続く絶頂に身体を震わせた。

そしてガーシュインの熱い眼差しの中で果てたサナは、次の瞬間驚きに目を見開く。

「ま、待て！　ガーシュイン！」

彼以外を知らない蕾に指を当てられて、サナは逃げを打った。

しかしガーシュインはサナの静止を聞かずに、太い指をずぷりと後孔に挿入する。

「うわ……あぁっ」

愛液に濡れたそこは、ガーシュインの指を難なく受け入れた。

そうしてぬちゃぬちゃ……と卑猥な水音を響かせながら、徐々に綻んでいく。

「あん……あぁ、ん……」

内壁を擦られて、もう声など抑えることができなくなった。

サナの赤い唇から、とめどなく嬌声が漏れる。

狙ったように前立腺を刺激されて、その度に腰が跳ねた。

それと同じ間隔で、彼への愛しさも増していく。

「……ガーシュイン……ガーシュイン……」

再び快感に涙が滲み、サナの理性はとうとう蕩けだした。

「サナ……」

両腕を伸ばして首に抱きついてきたサナに、ガーシュインは熱い口づけをくれる。

鬣の感触。

彼の香り。

熱いほどの体温。

どれもこれもが愛しくて、恋しい。

「ん……ん……ぅ」

肉厚な舌に吸いつきながら、サナは彼のキスに必死に応えた。

すると指の動きは巧みさを増し、内壁の襞を捉えてなぞると、抜き差しの速度を激しくする。

「やだぁ……もう、やだぁ……」

サナの身体を知り尽くしているガーシュインの手技に音を上げると、彼はトラウザーズを脱ぎ捨てて、逞しい身体を惜しみなく晒した。

「あ……勃ってる……」

自分の足の間から彼の屹立した熱を見て、サナはうっとりと呟いた。

それは六年前と変わらず雄々しく、長大だった。

「当たり前だろう。お前のこんなにも愛らしい姿を見て、勃起しないわけがない」

愛してる……と耳元で囁かれて、ぞくぞくと背筋が痺れた。

抵抗しなければいけないのに、彼はサナの両脇に手を差し入れると体勢を入れ替え、腹の上に座らせた。

サナは、自分で好きなように動ける騎乗位が好きだ。

それすらもガーシュインは覚えていたようで、サナに「自分でできるか?」と優しく聞いてくる。

「……久しぶり過ぎて感覚を忘れた。手伝ってくれなきゃ無理だ」

赤くなった頬を膨らませてサナが訴えると、ガーシュインは喉奥で笑った。

「これでどうだ?」

「あん……っ」

両の尻たぶを掴まれ、後孔を広げられた。

そして伺うように、そこに熱の切っ先を押し当てられる。

「もう自分でできそうか?」

「うん……」

ガーシュインの硬い腹に手を付いて、サナはそのまま腰を落とした。

「あぁ……あ……」

その熱は今も変わらぬ熱さで、サナの体内に収まっていく。

「んんっ……全部は、無理かも……」

久しい大きさに弱音を吐くと、突然腰を掴まれ、ぐっと最奥まで突き入れられた。

「ひっ……!」

その感覚にチカチカと目の前に火花が散った。

直腸を刺激され、ずんっと重たい快感が全身を駆け巡る。

「確か、こうして無理やり一番奥まで挿れられるのも好きだったはずだ」

「やぁ、あぁ……そんな、変なことばかり覚えて……っ」

一定のリズムで下から突き上げられて、サナの身体がガクンガクンと揺れた。

その度に甘い電流に脳髄まで犯され、サナの肉芯が再び屹立する。

「は……あん、あぁ……あっ」

いつしかサナは自ら腰を動かし、快楽を求め始めた。

ガーシュインはその淫らな姿を、目を細めてじっと見つめている。

後孔を閉めて、彼の性器を絞り上げるように刺激しながら、いいところに切っ先が当たるよう、サナは小さな尻を振る。

「気持ちがいいな……しかも、最高の眺めだ」

「馬鹿」

罵ってはみたが、ガーシュインは嬉しそうに笑うだけだ。

彼に視姦されることが好きなサナは、付き合っていた当時に何度もねだられて、彼の目の前で自慰をしたことがあるほどだ。

それぐらいサナは、ガーシュインに見つめられることが好きなのだ。

今、こうして彼の温かくも熱烈な視線に晒されて、嬉しくないわけがない。

(あぁ、気持ちいい……ヤバい……)

自分はもう彼の恋人でもなんでもないのだから、こんなことに耽っていてはいけない。

リンリンだって、いつ夜泣きをしてこの部屋に戻ってくるかわからない。

それなのにガーシュインとの官能に火がついたこの身体を、この心を、サナはもう止めることができなかった。

「んん……ガーシュインも腰を動かせ」

睨むと、目を眇《すが》められた。

「動かしていいのか？　なんせ六年振りだからな。めちゃくちゃにお前を啼かせてしまうかも知れない」

「啼かせたいなら、啼かせればいい……」

挑発的なサナの誘いに、ガーシュインはニヤリと牙を見せた。

「わかった。可愛い声でもっと啼け、サナ」

「ひゃぁ……」

ベッドが軋みを上げるほど激しく腰を動かされて、サナは白い喉を反らせた。

そしてより一層赤く熟れた乳首を両方とも摘まれて、引っ張ったり、整えられた爪で弾かれたりする。

「あん……気持ちいい……ガーシュ……気持ちい……」

「あぁ、俺も最高だ。お前の中は本当に気持ちがいい」

そう言うとガーシュインは、内腿の筋を浮かび上がらせながら、足をM字に開いているサナの性器を掴んだ。

そうして強弱をつけて擦り上げる。

「だめだめだめ……また、いく……っ」

サナが射精したのと、ガーシュインが中で弾けたのは同時だった。

「あ……やぁ……いってる……いってるから……動くなぁ……」

頽《くずお》れそうになる身体を抱き締められて、さらに下から突き上げられた。

「久しぶりに潮でも吹いてみるか？」

「馬鹿馬鹿馬鹿馬鹿っ……」

悪態をついても彼は嬉しそうにするだけで、果て続けているサナへの抽挿をやめようとはしない。

それどころか体内の熱槍は再び硬さを取り戻し、サナを犯し続ける。

「やだぁ……気持ちがいい……から……やめ……」

「妻が気持ちがいいと言っているのに、やめる夫がどこにいる？」

「つ……妻？」

この言葉に驚いて彼の顔を見ると、べろりと唇を舐められた。

「お前は俺の妻だ。決して忘れるな」

「ひゃ……んっ」

そのまま押し倒されて、サナは足首を掴まれて大きく脚を広げさせられた。

するとガーシュインは何度も腰を突き入れて、直腸を刺激する。

「あぁ……それ、やぁ……あぁ」

内壁を擦られるだけでも堪らなく感じてしまうのに、最奥を先端で叩かれて、甘い衝撃にすべてが蕩けていく。

「もっとして……もっとして、ガーシュイン……！」

体内を犯され続け、サナの理性は完全に失われた。

甘い甘い快感の海を揺蕩《たゆた》いながら、サナは口寂しさから自らの指を咥える。

するとガーシュインが、唆すように囁いてきた。

「自分で乳首を弄れるか？」

「ん……やぁだ……」

少しだけ残っていた羞恥で答えると、

「自分でいやらしいことができたら、ご褒美にもっと奥を突いてやる」

「ほんとう？」

舌足らずに蕩けた眼差しで訊ねると、ガーシュインはこの上ない笑みを浮かべた。

「俺はいやらしいサナが大好きだ。いやらしいサナがもっと見たい」

「……じゃあ、見せてやる」

好きな男の頼みに、サナもその気になってしまう。

そういえば、ガーシュインはサナの乳首が大好きで、いつも一緒に眠る時に弄ったり、吸ったりしてきた。

それを思い出しながら、サナは艶めかしく小首を傾げながら、自らの手で両乳首を摘まんでみせた。

「ん……」

そうしていつもガーシュインがしてくれるように、引っ張ったり、つねったり、捏ねたりしながら、ガーシュインの逞しい腰に自らの尻を擦りつける。

「いい子だな、サナ。あぁ……堪らない」

目を細めたガーシュインが嬉しくて、サナはもっといやらしく見えるよう、自分の乳首を弄ぶ。

「いいぞ、サナ……今度は性器を弄れるか?」

「うん……」

左手で乳首を、そして右手で性器を握ったサナは、それを激しく扱き上げる。

「あぁん……ガーシュイン、気持ちいい……気持ちいい……」

「俺も気持ちがいいぞ。お前の蕾がきゅうきゅうと絞まる」

二人で快感を貪り合い、愛も確かめ合う。

決して口にはしなかったけれど、きっとサナの心まで彼にはわかってしまったはずだ。

「あぁ……いく、ガーシュイン、いく……」

こうしてサナが三度目の飛沫を上げると、ガーシュインも再びサナの中で吐精した。

「はぁ……はぁ……」

絶頂に呼吸を荒くすると、ガーシュインが深く口づけてきた。

そしてサナを抱き締めて、しばらく互いの鼓動を感じ合う。

すると、彼の性器がまたもや漲ってくるのを腹に感じた。

(そういえば、ガーシュインは精力が強かったな……)

オメガの発情期は、好きな獣人に抱いてもらえばすぐに収まる。

サナの発情も、もう終わっていた。

しかしこの晩は、「発情期がさせていることだ」と何度も自分を偽りながら、サナは朝までガーシュインに抱かれ続けたのだった。

「だめだ……ガーシュイン。誰か来る」

「もう少し、あともう少しだけ……」

庭の木陰に隠れながら、サナはガーシュインに唇を貪られていた。

しかもシャツのボタンも外されて、胸も弄られていた。

脚の間にはガーシュインの膝が入り、サナの性器を刺激するように動かされている。

ガーシュインとのキスを発端に発情したあの日以降、サナはガーシュインに抱かれるようになった。

それどころか今ではこうして人目を忍んで、キスをしたり、身体を触れ合わせたりすることもしょっちゅうだ。

サナは、こんな関係を続けていてはだめだと思っている。

どんなに彼を想っても自分は正妻にはなれないのだから、身体を繋げたり愛を囁き合うなど不毛なだけだと考えていた。

「――失礼いたします、ガーシュイン様」

その時だ。

ガーシュイン専属の従者が音もなく現れ、何事もないかのように声をかけてきた。

城の中で起きている国王のプライベートに関して、従者は決して他言してはいけないし、動揺もしてはいけない。

この従者は、そのことをよく心得ているようだった。

「なんの用だ?」

一方、水を差されたガーシュインは少し苛立ったように振り返る。

慌ててサナは、頬を染めながらガーシュインから距離を取った。

そして外されたボタンを留め直す。

「はい、新人衛兵隊員の就任式のお時間でございます」

従者の冷静な言葉に、ガーシュインは鬣をかき上げた。

「もうそんな時間か」

ため息をつくと、服装を整えたサナを抱いて、彼はもう一度短く口づけてきた。

「仕事をしてくる」

「……あぁ」

名残惜しげに頬を撫でると、ガーシュインは従者とともに城の中に戻っていった。

その背中を見送り、火照った身体の熱が冷めた頃。サナは庭を歩いて、子どもの遊具が置かれた広場へ向かった。

そこでは侍女やハルカに見守られ、リンリンが臣下の子どもたちと遊んでいた。

「サナー！」

ブランコを漕いでいたリンリンが、サナに気づき片手を振る。

「危ないから、ちゃんと両手でロープを掴め」

「はいですのん！」

サナの言葉にブランコのロープを掴み直したリンリンは、同じくブランコに乗っている隣の獣人の子どもと、何やら楽しそうに話を始めた。その表情は笑顔だ。

ここへ来て一番良かったと思うのは、リンリンを育てる環境が整ったことだ。

サナは働かなくてもよくなったので、いつでもリンリンのそばにいてやれる。

しかも夜も毎晩一緒に寝られるので、リンリンの精神状態も落ち着いたように思えた。

それに同じ年頃の友達もたくさんでき、ハルカという優秀な養育係に面倒を見てもらっているので、ストレスも感じていないようだ。

将来の国王となるべく教養を身につけたり、専門的な勉強をするようになったが、それはリンリンの好奇心をそそるようで、今のところ嫌がる様子は見せない。

ベンチに腰掛け、リンリンたちが元気に遊ぶ姿を眺めながら、サナはつかの間の幸せを感じた。

このままガーシュインやリンリンのそばで静かに生活できたら……それが自分の幸福だとサナは思うようになっていた。

それから数日後。

身体を動かしたくなったサナは、剣の相手をしてくれる兵士はいないか？　侍女に頼んで探してもらった。

するとしばらくして、先日就任したという若い獣人騎士団員がやってきた。

「カ、カルム！」

制服姿で深々と頭を下げた彼に、サナは目を見開いた。

「サナ、久しぶり」

「どうしてここに？」

後宮の部屋の入口に立つ彼に駆け寄ると、カルムは固い決意を表すかのように、表情を引き締めた。

「サナに会いたくて、セルディンティィーナ王国の騎士団に入団したんだ」

「入団って……お前、大学は？」

「休学してきた」

「卒業まであと少しだったのに？」

「うん」

変わることのない真っ直ぐな瞳に見つめられ、サナは「馬鹿だな……」と呟くことしかできなかった。

彼がどんなに愛してくれていたか、サナはわかっているつもりだった。

けれども自分を追いかけて、他国の騎士団に入団するだなんて。

結局剣を交えることはせず、サナはカルムと話をすることにした。

侍女が、ポットから琥珀色の紅茶をカップに注いでくれる。

それを黙って二人で眺めていると、扉をノックしてニーナが遊びにやってきた。

「まぁ、あなたは！」

ニーナもカルムの姿に驚いたらしく、ソファーに座る彼の隣に腰を下ろした。

「どうしてセルディンティーナ王国にいらっしゃるの？　それにその青い制服は騎士団のものじゃなくて？」

「はい、御国の騎士団に先日入団しました」

「そう……そんなにサナが恋しかったのね」

同情するようにニーナに訊かれ、彼は頷くと即答した。

「はい。サナが恋しくて恋しくて、気が狂いそうでした」

「お、おい！　カルム！」

あまりにもストレートな言葉に、さすがのサナも動揺した。頬がカァッと熱くなる。

「いいわね、サナは。お兄様やカルムに愛されて」

穏やかに微笑んだニーナになんと言っていいのかわからず、サナは出された紅茶を一口飲んだ。

それから三人でしばらく他愛もない話をしていたが、柱時計を見たニーナが突然カルムに声をかけた。

「そうだわ、確かあなた学生さんだったわよね」

「はい。今は休学中ですが」

「よろしかったらどんな勉強をなさってたのか、詳しく教えて下さらない？　私は大学へ行ったことがないの。だからものすごく興味があって」

「はぁ……」

唐突な申し出に戸惑っている様子だったが、ニーナに手を引かれてカルムはサナの部屋をあとにした。

きっとニーナは気を遣ってくれたのだろう。

そろそろ公務を一旦終わらせて、ガーシュインがサナの部屋へ寛ぎにやってくる時間だった。

それを彼女は知っていたので、ガーシュインとカルムが鉢合わせにならないよう、彼を連れ出してくれたのだ。

ニーナには、いつも助けられているとサナは感謝した。

彼女は賢くて、見識も広く、気の利く素敵な女性だ。

短い針が三時を指したのと同時に、ガーシュインがサナの部屋へやってきた。

「リンリンは？」

部屋を見回した彼に、サナはソファーに座ったまま答えた。

「ヴァイオリンの授業を終えて、今は広間で子どもたちと遊んでいる。そろそろおやつの時間だが、おやつに関してはハルカに一任している」

「そうだったのか。だから最近三時になっても、部屋に戻ってこないんだな」

「あぁ。子ども部屋に集まって友達と『お茶会』を開いているらしい。もう親と一緒にいるよりも、友達と一緒にいる方が楽しい年頃なんだろうな」

我が子の成長が嬉しいのと同時に、ほんの少し寂しく思っていると、隣にガーシュインが脚を組んで座った。

「そんな顔をするな。俺がいるだろう?」

寂しさが表情に表れてしまったのか。ガーシュインがサナの顎を捉えて、鼻先にキスをした。

「別にリンリンが親離れしても、お前がいなくても、俺は寂しくない」

自分の想いを覚《さと》られてはいけないと虚勢を張ると、困ったようにガーシュインは笑う。

「昔はもっと素直だったのに。最近のサナは意地っ張りだな」

ガバッと口を開けると、ガーシュインは意地っ張りなサナを責めるように、あぐあぐと頬を甘噛みしてきた。

「やめろよ」

それがくすぐったくて言葉で制したが、ガーシュインはもっとサナにあぐあぐしてくる。

「もう、くすぐったいって!　頼むからやめてくれ、ガーシュイン!」

心の中で笑いながらも、表情には表せないサナは、そのままガーシュインに押し倒されてしまう。

「……なぁ、一時間の休憩で何回いけると思う?」

サナの耳裏や首筋に鼻先をすんすんとくっつけながら、ガーシュインが甘く低い声で囁いて来る。

「馬鹿。そんなことしてる暇はないだろう？　昨日だって、夜遅くまで仕事していたのを知ってるんだぞ。仮眠を取れ、仮眠を」

最近、ガーシュインはサナとリンリンが眠るベッドで、一緒に眠っている。

しかし毎晩遅くまで公務をこなしている彼は、日付が変わる頃ベッドに入るので、リンリンはぐっすり眠ってしまっていることが多い。

ガーシュインはそれを残念がっているが、仕事があるのだから仕方がない。

しかし、目覚めた時に父親が目の前にいることが嬉しいようで、リンリンはガーシュインの上に乗っかったり、鬣をひっぱったり、頬ずりしたり、寝ぼけ眼の彼に思いっきり甘えていた。

あぐあぐするのをやめた彼は、しばらくの間、サナの胸の上に頭を置いて目を閉じていた。

やはり疲れているのだろう。

ガーシュインの鬣を優しく撫でながら、サナは彼の呼吸を心地よい気持ちで聞いていた。

けれどもそんな穏やかな時間は、侍女がもたらした言葉によって終わりを迎える。

「失礼いたします。国王様、サナ様、マリアンヌ様がお呼びです」

「母上が？」

目を開けたガーシュインは怪訝な表情で起き上がった。

サナも上体を起こすと、こちらを見たガーシュインと目を合わせる。

マリアンヌがガーシュインを呼びつけることはままあるが、サナまで一緒に呼ばれたことはこれまで一度もなかったからだ。

嫌な予感がして、サナは小さく嘆息した。


少女趣味の強いマリアンヌの部屋で、「ご覧なさい」とソファーのテーブルに広げられた写真を、サナとガーシュインは覗き込んだ。

そこには、若くて愛らしい獣人女性が写っていた。

「母上、これはなんですか?」

「見ればわかるでしょう? お見合い写真よ」

「お見合い写真?」

思いっきり眉間に皺を寄せ、ガーシュインが睨むようにマリアンヌを見た。

「まぁ、怖い。そんな顔をお母様に見せないでちょうだい、ガーシュイン」

扇子で口元を隠し、あからさまに嫌そうな表情をしたマリアンヌは、今度はサナに話題を振ってきた。

「サナは、この方をどう思う?」

「とても愛らしい方だと思います」

「そうよね! 私もそう思ったの! このお嬢様はね、クウォール王国のカルロッタ王女よ。明日後宮に輿入れしてくるから、仲良くしてあげてちょうだいね」

「明日!?」

ガーシュインがテーブルに手を突いて、身を乗り出した。

「そんな話、俺は何も聞いてませんよ！」

「当たり前じゃない。あなたに話をしたらクウォール王国を潰してしまうかもしれないわ。だから私がちゃんと準備をしておきました。カルロッタ王女は、我が国の王妃になられるお方よ。決して無礼のないようにね。そして子どもも作りなさい。いいわね」

「断じてお断りします。俺にはサナという妻……」

「ガーシュイン！」

サナは彼の言葉を遮るように制した。

自分は正妻になれないと、何度もマリアンヌに言われている。

ここでガーシュインが「サナが自分の妻だ」と主張しても、納得などしてもらえないだろう。

「それじゃあサナは、俺がカルロッタ王女と結婚してもいいと思っているのか?」

困惑した顔で、ガーシュインがこちらを振り返った。

「国王が国を安泰に導くためには、王妃が必要だ。外交的にも政治的にも王妃は良い方向に働く」

「それならばサナが……」

「ヒトを王妃にするなど、絶対に認めませんよ！」

きつい口調で、マリアンヌが口を開いた。

「ヒトなど王妃にしたら、セルディンティーナ王国は世界中の笑い者になります。そんなことぐらいガーシュインだってわかっているでしょう?」

「笑いたければ笑えばいい。しかし、ヒトが王族になれる世界に俺が変えていきます。十年後にはそれが標準となっている世界に、俺が変える」

「なに馬鹿なことを言っているの? 世界中の笑い者にされて苦しむのはサナですよ」

「俺が全力でサナを守ります。決して彼を傷つけることはしない」

「ガーシュイン……」

自分を守ると言ってくれた獣人の横顔は凛々しくて、実に気高かった。

彼が守ってくれるのならば、自分は王妃になれるかもしれない。

いや、自分は国王として全身全霊で国を守る彼を、王妃という立場で守ってあげたい。

そんな気持ちがサナの中に芽生えて、これまで側室でいい……などと現状に甘んじていた自分を、叱りたい気持ちになった。

ガーシュインは本気で自分を愛し、守ろうとしてくれている。

それならば同じ男として、国王に次いで力を持つことができる王妃となり、ガーシュインを守りたいと本気で思った。

「とにかく、カルロッタ王妃は明日後宮にやってきます。粗相がないようにね、ガーシュイン。もし何か起きた場合、国際問題に発展しますよ」

それだけ言うと、マリアンヌは侍女を引き連れて部屋を出て行ってしまった。

「まったく! 母上は勝手すぎる!」

怒りを隠そうともせず、牙を剥き出す彼を宥めようと、サナはガーシュインの首に抱きついた。

するといつもより強い力で抱き締め返される。

「サナ、どんなことがあっても俺がお前を守る」

「あぁ、俺もお前を守りたい……」

サナの言葉に深く抱き締め返してきたガーシュインは、公務の時間となり、離れがたそうに部屋を出て行った。

サナは自室に戻り、机に向かった。

こんな風に心がざわつく時は、そのざわつきをすべて書き出すのがいいとサナは知っていた。

だから『俺がガーシュインを守る』と書き出し、大きく深呼吸をした。『王妃となり、ガーシュインを守る』と。

窓の外を見ると、噴水前のベンチに座ってカルムとニーナが楽しそうに話をしていた。

その姿は、傍から見ればとても似合いの恋人同士だ。

サナはペンを置いて立ち上がると、部屋にあった模擬剣を持って森へと向かった。

そしてひとり剣と向き合いながら、乱れる心を落ち着けたのだった。


毎朝サナの部屋に花が届けられるようになって、二カ月が経った。

その送り主はカルムで、このことからガーシュインは彼がサナに想いを寄せていると察したらしい。

　どういう関係なのか？　と詰め寄られなかったのは、きっとニーナからカルムとサナの関係を聞いたからだろう。

　ガーシュインは二人のことを、ちゃんと理解しているらしく、カルムの片想いであることも知っているようだった。

「実に不愉快な花だな」

　花瓶に挿して机の上に置いてある花を眺めながらも、ガーシュインの目が据わっていた。

「花に罪はないい。捨てたら可哀そうだろう？」

「サナがそうやって甘い顔をするから、カルムがつけ上がるんじゃないのか？」

「別に甘い顔はしていないい」

　ガーシュインの言い方にちょっとムッときて、つい語尾がきつくなってしまう。

「お父様もサナも、けんかをしてはだめなのん！　『けんかする時は、お腹が空いてる証拠なんだわ』ってハルカ先生も言ってるのん。だから早く朝ご飯を食べに行きましょうなのよ」

「そうだな。お腹が空くと怒りっぽくなるからな。サナ、朝食を食べに行こう」

「あぁ」

　リンリンを抱き上げたガーシュインに続いて部屋を出ると、廊下でカルロッタ王妃と鉢合わせた。

「おはようございます」

「おはようございますなのん！」

「おはよう……ございます」

サナとリンリンが挨拶をしても、愛らしい彼女の顔は浮かない表情だ。

「どうして私の初婚は、側室と子持ちの国王だったのかしら……」

扇子を片手に呟くと、彼女はがっかりとした様子で自室へ戻っていった。

側室と子持ちの国王とは顔を合わせるのも嫌なようで、カルロッタは食事の時間をあえてずらして、皆とテーブルを囲もうとはしなかった。

しかもホームシックも発症しているらしく、毎日部屋に籠りきりで、自分が連れて来た侍女以外とは口を利こうともしなかった。

彼女もガーシュイン同様、この婚約は不本意だったのだろう。しかし父王とマリアンヌの間で決められたという輿入れに、抗うことができなかったのだ。

毎日昼近くまで寝ているマリアンヌ以外と朝食を囲み、サナはニーナと明るく会話しながらも、カルロッタがかわいそうで仕方がなかった。

だからといって、自分がこの城を出ていくなどという後ろ向きな考えは一切持っていない。

サナは決めたのだ。

いつか自分が王妃となって、国王であるガーシュインを守ると。

「あぁ、そうだ。今夜着る服は決めたのか？　サナ」

「先日お前からもらった、あの緑色のフロックコートを着ていこうと思っている」

「そうか。あのフロックコートは、サナの瞳と同じ色をしているからな。きっとよく似合うぞ」

嬉しそうにガーシュインは微笑むと、隣で食事をしているリンリンの口元を、ナプキンで拭ってやっていた。

親子三人で過ごすようになって知ったのだが、もともとマメな性格をしているガーシュインは子育てにも積極的だった。

公務の空き時間にリンリンと遊び、着替えなどの面倒を見て、せがまれれば絵本も読む。

二人だけで城内にある森へピクニックに行くこともあるし、木登りや釣りも楽しんでいるようだ。

（いい父親だな……）

リンリンのためにパンケーキを小さく切ってやっているガーシュインを眺めながら、サナはつかの間の幸せに浸っていた。

そして、今日は八月十日だった。

ガーシュインが言っていた今夜着る服……というのは、ガーシュインの現側室である、サナの誕生日を祝う舞踏会に着て行く服のことだ。

側室の誕生日なのでそれほど規模の大きいものではないが、それでもサナに取り入って国王と懇意になりたいと思うものは想像より多く、八百人以上の貴顕紳士や貴婦人がやってくるらしい。

本来なら派手なことを好まないサナは、こんな舞踏会など断りたかった。

しかし王妃になると決めたからには、ガーシュインの顔も立てなければならない。

そう思い、サナは今回の舞踏会への出席を決めた。

得意ではないが、積極的に来場者に声をかけるつもりでもいる。

国王であるガーシュインを支えるためにも、自分は柔軟性を持たなければいけない。

サナはそう考え、これまで受けてこなかったマナーやダンス、社交術の授業も受けるようになった。

しかも貴族の嗜みとして重要視される詩の創作に関して、サナは思いがけない才能を発揮した。もともと物語を考えたり、書いたりすることが得意だったサナの才能が、ここで開花したのだ。

今ではちょっとした社交界の寵児となり、皆がサナの新作を楽しみにしている。近々詩集も発売される予定だ。

食事を終えると、サナはリンリンと庭へ遊びに行ったガーシュインを見送り、部屋へと戻った。

今日は忙しい一日になるだろう。

このあと散髪屋が来て髪を切り、侍女たちによって全身を磨かれて香水を振り撒かれ、爪まで整えられたら大層なスーツを着て、玉座の横に三時間も鎮座するのだ。

(まるで操り人形だ……なんて思ってはいけない)

そう自分に言い聞かせて、サナは侍女たちが手ぐすね引いて待っている部屋の扉を、自らの手で押し開けたのだった。

西の大広間で開かれたサナの誕生日を祝う舞踏会は、それはそれは華々しかった。

見事に着飾った獣人貴族や貴顕紳士が集まり、彼らはずらりと列をなして、サナへと祝いの言葉を述べた。

しかも城の外では、ヒトであるサナの誕生日を祝う市民が多く集まっていた。

彼らは『ヒトにも爵位を。ヒトでも王位を』というスローガンを掲げる団体で、獣人ばかりが貴族になる社会に反発している者たちだ。

だからヒトでも国王の側室となり、次期王妃となるのではないか？　と噂されるサナは希望の象徴で、こうして城外の広場に集まって誕生日を祝っているのだ。

サナは三時間、ガーシュインの隣に座り続け、笑顔は作れなくとも人当たりの良い態度で皆に接し、それは高評価を得た。

これに一番驚き、そして誇らしげにしていたのはガーシュインだ。

やはり自分の妻が、貴族とはいえ自国の民を大切にする姿に、心打たれたのだろう。

この日の夜、サナはくたくたに疲れていたのだが、感極まったガーシュインに身体を求められて、意識がなくなるまで抱かれた。

翌日、目が覚めるとリンリンは家庭教師と勉強中でおらず、ガーシュインも公務に出ていた。

気疲れした上にガーシュインに激しく抱かれた身体は重怠く、つい昼過ぎまで寝てしまったようだ。

サナが目覚めたことに気づくと、侍女が風呂の用意をしてくれて、湯に浸かると心も身体もすっきりした。

そして一人で遅い昼食を食べ終えた頃。食堂室に青い制服を着たカルムがやってきた。騎士団クラスの獣人となると、部屋への出入りは限られるが、警備も兼ねて城の中を自由に歩くことができる。

そんな彼からは今朝、ひと際立派な花束が届いた。サナの誕生日を祝ってのことだろう。

サナが礼を言おうとした時だ。腕を掴まれて中庭へと連れ出された。

「どうしたんだ？　俺に何か用か？」

噴水前の広場まで連れて行かれたサナは、首を傾げた。なぜかわからないが、カルムは怒っているようだ。

「昨日の舞踏会でのサナの評判は、貴族たちから聞いたよ」

「評判？」

「あぁ、実に王妃らしい振る舞いだったって。しかもダンスも上手に踊って、みんなの前で読み上げた詩は、聞いたこともないほど素晴らしかったって」

あまりの褒めようにおべっかも使われているのだろうと思ったが、とりあえずガーシュインの顔に、泥を塗ることにならなくて良かったとサナは思った。

しかし彼は苦々しい表情を浮かべると、「違うだろ……」と呟いた。

「本当のサナは、そんな人じゃないだろう？　貴族のルールに縛られたり、ダンスをしたり詩を読んだり……そんな窮屈なことを好む性格じゃなかったはずだ」

「カルム……」

感情を爆発させるように口にして、彼はサナの両肩を掴んできた。

「僕はもっと自由なサナが好きだった！　気取らず、飾らず、リンリンを育てることに一所懸命な……そんな真っ白な麻布のようなサナが好きだった。それなのに、いつからそんな派手なドレスのような人になってしまったんだ？」

彼の言葉に、サナは目を伏せた。

確かに、少し前までの自分はそうだったかもしれない。

真っ白な麻布……という例えもよくわかる。

貴族の世界や王族なんて自分には無関係で、着飾ることも堅苦しいルールも大嫌いだった。一番大事なのはリンリンと生きていくことで、日々の生活はいっぱいいっぱいだった。

でも今は、環境も考え方も違う。

愛しい者を守ることができるのならば、過去の自分なんて簡単に捨てられる。

「カルム、俺は変わることにしたんだ」

己の決意を新たにすると、サナは彼の瞳を見つめながら言葉にした。

「俺は、誰が見ても立派だと思う王妃になることにした。ヒトが王妃になるなんて笑われるかもしれないが、それでも構わない。この国で国王に次ぐ力を得て、俺はガーシュインとリンリンを守ることにしたんだ」

「国王を守るって……サナはフィーゴ王国を出て行く時、すぐに戻るって言ったじゃないか。それはもう、国王のことは愛していないのと同じだろう？　なのに家まで引き払ったからおかしいと思って、僕はこの国へやってきたんだ」

「そうだったのか」

事情はわかったと理解を示すと、カルムは疑うような眼差しを向けてきた。

「もしかしてサナは、昔の恋人に出会って再び恋をした……とでもいうのかい？」

そうであってほしくない……というカルムの願いが込められた言葉に、サナは苦しい思いで頷いた。彼を傷つけるとわかっていても。

「そうだ。俺はガーシュインが好きだ。自分の命に代えても守りたいと思うほど愛している。本当はずっと好きだったんだ。でも俺はヒトだ。昔の俺は、どんなに頑張っても彼の妻にはなれないし、俺がガーシュインの子どもを産むことで、ガーシュインを困らせることになるんじゃないかと思って別れたんだ」

六年前の自分は、まだ若くて弱かった。

だから頑張ることより、逃げることの方を選んだのだ。

でも今は違う。

愛する者のために……ガーシュインとリンリンのために、サナは世界の常識と戦う覚悟を決めた。

「でも、国王はカルロッタ王妃と婚約したはずだ。もうサナは王妃にはなれないんじゃないか？」

「そうかもしれない。でも……もし王妃になれないんだったら、なれるように俺は戦う」

「サナ……」

突拍子もないサナの決意に、カルムが驚いた表情を浮かべた時だった。

ふっと風に乗って背後から爽やかな香りがした。それを感じたのと同時に、サナは香りの主に抱き締められる。

「聞いての通りだ、カルム。サナは俺を愛している。もう俺の妻から手を引いてもらおうか」

「ガ、ガーシュイン？」

びっくりして振り返ると、さらに強く抱き締められた。そうして両肩からカルムの手が離れるように、引き寄せられる。

「……もう、僕の出る幕はないということですか？」

力なく両手を下げ、切なげな眼差しでカルムは呟いた。

「そうだ。君も早く新しい恋を見つけるべきだな」

「…………」

カルムはガーシュインの言葉に俯くと、言葉もなくその場を去って行った。

「カルム……」

サナは切ない気持ちでいっぱいだった。

彼は本当に良い青年だ。

自分とリンリンが困っていた時に、一体どれだけ助けられたか？　支えてもらったか。

フィーゴ王国で彼と過ごした日々を思い出し、サナは小さくなっていく青い背中に叫んだ。

「本当にありがとう、カルム！　お前は最高にいい奴だった！」

この言葉に歩を止めたカルムは、そっとサナを振り返ると、小さく微笑んだのだった。

＊　＊　＊

サナが王妃になるべく成長すればするほど、カルロッタは部屋から出てくることが少なくなった。しまいには食事も部屋で取るようになり、ホームシックから心を病んで、臥せってばかりいると侍女たちから聞いた。

この状況に、ガーシュインが動いた。

頑固なマリアンヌを説得し、カルロッタを母国へ帰すことにしたのだ。

「あなたは息子でありながら、母の顔に泥を塗るというの？」

婚約を取り決めたマリアンヌは相当憤慨して抵抗したようだが、最後はカルロッタの可哀そうな状況に折れ、彼女を国へ帰すことを了承した。

これに勢いづいたのが、『ヒトにも爵位を。ヒトでも王位を』というスローガンを掲げる市民団体だった。

サナが世界初のヒトの王妃になれるのではないか？　とますます期待され、毎日のように王城前広場では、サナを応援する彼らの声が響いている。

「カルロッタ王女を国に帰したからと言って、サナが王妃になることを許したわけではありませんからね」

家族で顔を合わせるたびに、マリアンヌはガーシュインにもニーナにもリンリンにも釘を刺した。

このことはどこからか城の外に漏れ、「サナが王妃になれないのは、前王妃であるマリアンヌが邪魔をしているからだ」と、号外が撒かれたほどだという。

時を同じくして、カルムが騎士団を退団し、フィーゴ王国へ戻ると伝えてきた。

これを聞いたサナは、もう一度だけ彼と話がしたいと思い、ガーシュインとカルムの三人で茶会を開いた。

夏から秋に変わろうかという九月の下旬。

爽やかな風が吹くバラ園にあるドーム型のガゼボで、サナは誕生日の翌日以来、久しぶりにカルムに会った。

少し痩せただろうか？　覇気のない瞳で現れた彼に、サナは胸を痛めた。

しかし、自分の気持ちを偽ることはもうできない。

サナはガーシュインを愛しているので、カルムの想いには応えられないし、一緒にフィーゴ王国へ戻ることもできない。

それならばなぜ、彼と最後に会いたいと思ったのか。

同情か？　思慕か？　懺悔か？

理由を探し出せないまま、サナは話題を見つけることもできず、ただ三人で紅茶を啜っていた。

その時だ。

「お兄様！　サナ！　カルム！」

ドレスの端を両手で摘まんで、鬣を揺らしながらニーナが走ってきた。

「どうした、ニーナ。そんなに慌てて」

ガーシュインが驚くと、息せき切らしてガゼボの階段を登ってきたニーナが、眉を下げながら不安そうに口を開いた。

「その、カルムが国へ帰ると聞いて……」

「はい。明日の船でフィーゴ王国へ帰ろうと思います」

カルムの隣の椅子に腰かけると、ニーナはしばらく黙り込み、呼吸が整ったのと同じタイミングで口を開いた。

「あ、あのね！　カルム。私、あなたと一緒にフィーゴ王国へ行きたいの！」

「は？」

これに驚いたのは、カルムだけではなかった。サナもガーシュインも大きく目を見開き、彼女とカルムを交互に見た。

「私、大学へ行ったことがないって言ったでしょ？　だからもっとあなたと勉強がしたくて……こんな気持ち、初めてなの。フィーゴ王国の大学に通いながら、あなたと一緒に本を読んだり、語り合ったりしたいの」

「ニーナ様……」

そういえば、カルムとニーナはよく一緒にいるところを目撃されていた。

これは侍女たちから聞いたのだが、好奇心旺盛なニーナは、カルムが勉強してきた世界中の歴史について強い関心を示したらしい。だから彼の手が空いている時は、しょっちゅう講義を受けていたという。

そんな彼女だからこそ、フィーゴ王国の大学で歴史を学び、ともに語り合える友がほしかったのかな？　とサナは考えた。

しかし、彼女はとんでもない発言をしたのだ。

「それにね、私、カルムのことが好きみたいなの！　愛してる！」

「ニ、ニーナ！　何を言い出すんだ！」

兄として驚愕したらしいガーシュインが音を立てて立ち上がったが、サナは彼の服の裾を掴むと制止した。彼女がまだ、言葉を続けようとしたからだ。

「こんな想い、負担にしかならないってわかっているわ。でも私は、お兄様とサナが愛に生きるように、自分も本当に好きな人のそばにいたいと思ったの」

美しい瞳に涙を浮かべながら、ニーナはカルムを見た。

その想いにカルムはしばらく黙り込んでいたが、彼女の瞳を見つめ返すと、大きく頷いた。

「ニーナ様にそう言っていただけて、本当に嬉しく思います。まだあなたの気持ちには追いつけないかもしれないけれど……真摯に応えていきたいと思います」

「カルム……」

彼の顔には覇気が戻っていた。

そしてニーナの頬に涙が伝うと、それを自分のハンカチで拭き取ってやっていた。

こうして慌ただしく荷造りをすると、ニーナは翌朝カルムとともに旅立って行った。

サナとガーシュインに手を振った二人は笑顔だ。

そして仲良く見つめ合うと、港へ向かう車に乗り込んだ。

「カルムもニーナもいなくなっちゃって、寂しいですのん……」

二人を見送ったあと、ガーシュインに抱かれていたリンリンがぽつりと呟いた。

「そうだな。でも永遠に会えなくなるわけじゃない。いつか二人に会いに行こう」

サナが言うと、リンリンはこくりと頷いた。

「いい子だな」

その頭を優しく撫でてやる。

きっと自分たちが会いに行く頃には、彼らは結婚しているのではないか？　と思いながら、サナは心の中で微笑んでいた。

【Ⅵ】


世論は完全にサナに味方していた。

サナが書いた詩集は、市民の間で驚異的な売り上げを見せた。

これによりサナの人気はさらに上がり、獣人貴族の間でも、サナを王妃にしてもいいのでは？という声が上がり始めたのだ。

この状況に、サナだって甘んじてはいない。

より王妃に相応しいと周囲に認めさせるべく、リンリン以上に勉強をし、教養を身につけ、ダンスや社交術だけではなく、歌も習いだした。歌も貴族の嗜みの一つだからだ。

そんなサナにガーシュインは大変協力的で、リンリンが寝る時間になると、いったん公務を離れ、必ず絵本を読みにきてくれる。忙しくなったサナは、リンリンを寝かしつけている間に、寝落ちしてしまうことが増えたからだ。

よって疲れている母親に代わり、父親であるガーシュインが、リンリンを寝かしつけてくれるようになった。

「子育ては夫婦の共同作業だからな」

そう言って支えてくれる彼はとても頼もしい。たどたどしいところもまだあるが、自分ができることを精いっぱいやろうとしてくれている。

しかもハルカや侍女たちの助けもあり、サナはどんどん洗練されていき、どこに出しても恥ずかしくない教養と知識を手に入れた。

しかし、この状況を面白く思わない者がいる。

それが、マリアンヌだ。

サナが努力して貴族らしくなるにつけ、彼女は頑なに「ヒトの王妃なんて前代未聞だ！　ありえない！」と言って機嫌を損ねるようになった。

今では食事も一緒に取ってはくれない。

相変わらずリンリンはとても可愛がってくれるが、自分が主催するお茶会には絶対にサナを呼ばないし、サナが主催するお茶会には絶対参加しない。

「母上も困ったお方だ」

リンリンを寝かしつけたあと、ベッドの中で横になっていたガーシュインが、ぽつりと呟いた。

今日は公務が早くに終わったと言って、リンリンを風呂に入れてくれた彼は、すでにパジャマ姿だ。

サナも今風呂から出てきて、赤い髪を拭きながら、彼の足元に座っていた。

「仕方がない。前例のないことをしようという時は、反発はつきものだ。それにマリアンヌ様の気持ちもわかる。今はそっとしておこう」

「やけに余裕だな」

頭の下で腕を組んでいたガーシュインが、くつくつと笑った。

「余裕なんてない。むしろ覚えなければならないことがたくさんありすぎて、忙しくて。マリアンヌ様のご機嫌伺いまで手が回らないんだ」

正直に答えると、ガーシュインはさらに笑った。

「まぁ、母上のご機嫌伺いは俺がしよう。これまでニーナに任せっきりだったが、今はニーナもいないしな。少しでも母上の機嫌が良くなるよう、俺が気をつけるよ」

「すまない、ガーシュイン。お前にも苦労をかけるな」

眉を下げると、腹筋を使って起き上がったガーシュインに唇を奪われた。

「これしきのこと、苦労にもならない。サナと離れていた六年間は本当に辛かったからな。お前と一緒にいられるのなら、俺はどんなことでもするさ」

「ガーシュイン……」

再び甘く唇を吸われて、サナは彼の首に両腕を回した。

「愛してる、サナ」

「あぁ、俺もお前を愛してる。ガーシュイン」

以前、カルムに「ガーシュインが好きだ」と打ち明けた時。公務の帰りに偶然二人を見つけ、木陰で話を全部聞いていたという彼に、サナは自分の気持ちを隠すことをやめた。

どんなに隠してももうバレていることだし、この想いが彼の負担にならないよう、自分がもっと成長して、彼の隣に並ぶことができる人になればいいだけのことだ。

そう思い、サナが心の中で気合を入れ直していると、ガーシュインに押し倒された。

「こ、こら！　ガーシュイン！　ここではだめだ！」

サナは今、腰にバスタオルを巻いただけという無防備な格好だ。

きっとこのタオルを取られたら、すぐにでも行為が始まってしまう。

しかし、このベッドの真ん中ではリンリンがスヤスヤと眠っていた。

そんな場所で、行為に及ぶことは決してできない。

「では、隣の部屋へ行くか？」

この後宮には、今サナとリンリン、そしてマリアンヌしか住んでいない。

しかし後宮は広くて、部屋数も何十とある。

だから二人は身体を繋げる時、リンリンの泣き声が聞こえて、すぐに駆けつけることができる隣の部屋を利用することが多かった。

サナがガーシュインの誘いに頷くと、彼に横抱きにされて部屋まで連れて行かれた。

そして日付が変わるまで愛し合い、再び風呂に入った二人は、リンリンを挟んで川の字で眠ったのだった。

＊　＊　＊

山から冷たい風が吹き下ろし、セルディンティーナ王国にも冬がやってきた。

港では冬期に釣れる魚がどんどん水揚げされ、街ではマフラーやコートを纏ったヒトたちを多く見かけるようなった。

王都の各家庭には、地熱を利用したセントラルヒーティングが設置されているので、煙突からは蒸気がもくもくと上がっている。

サナやリンリンの部屋も地熱を使った床暖房が入れられ、それでも寒い日には、暖炉に薪がくべられるようになった。

「冬の……離宮？」

親子三人で夕食を食べている時だった。

そろそろ南東にある冬の離宮へ行こうと、ガーシュインが当たり前のように提案してきた。

「あぁ、本来なら夏も高原にある離宮へ行くんだが、今年はサナやリンリンが城の生活に馴染むよう、行かなかった。でも、城での生活にももう慣れただろう？　だから冬は、温かい南東にある離宮で過ごそう」

「それが城の恒例行事だというのなら、俺もリンリンも従うまでだ。喜んで冬の離宮へ行こう」

切り分けたステーキとフォアグラを口にしながら、サナは頷いた。

「そこにお友達はいますのん？」

それが一番の心配事だったらしく、リンリンはあまり乗り気でない表情を見せた。

しかし、冬の離宮の周りにもたくさん臣下の子どもが住んでいると伝えると、「行きますのーん！」

と前のめりになった。

「リンリン、まだお友達が六十七人しかいないんだわ。友達百人できるまで、あと三十三人必要ですのん」

「リンリンは、ずいぶんたくさん友達がいるんだな」

ガーシュインが笑うと、リンリンは耳と尻尾をピンと立てた。

興奮からか、尻尾の先がぴるぴると震えている。

「はいですのん！　ハルカ先生とどっちが早く友達百人できるか、ただいま熱きバトルを展開中ですのん！」

このあと、リンリンからハルカの面白い話を聞き、心の中でサナも笑っていると、夕食の時間はあっという間に過ぎて行った。

それから部屋に戻ったサナは、リンリンが眠ったあとにニーナへ手紙を書いた。

フィーゴ王国へ行ったニーナから、先日手紙が届いたからだ。

その手紙には、毎日充実した学生生活を送っていること。

またホームステイ先のカルムの両親に気に入られ、仲良くしていること。

肝心なカルムとの関係も順調で、今はゆっくりと、大事に愛を育んでいることが記されていた。

(幸せそうで良かった……)

手紙を書き終え、サナはペンを置いた。

みなが新しい道を歩み、新しい幸せを掴んでいることが、サナをとても前向きな気持ちにさせた。

カルムとニーナが、このまま順調に行けばいいな……と素直に思ったし、祝福もしたい。

しかも国へ帰ったカルロッタ王女のホームシックが治り、すっかり元気になったと聞く。

サナは再び取り戻したガーシュインとの愛の日々に、心休まる時間を感じていた。

そしてまた、これまで以上に努力をし、己を成長させようと日々奮闘もしていた。

もともと自分の能力を高めるために、努力することは嫌いじゃない。

それに、ガーシュインもこの国を少しでも良くするべく遅くまで仕事をし、リンリンは友達作りに精を出している。

なんて素晴らしい日々なのだろう、と思った。

それぞれがそれぞれの幸せを掴み、愛する者や仲間といて、日々切磋琢磨できるこの環境が、サナは堪らなく輝かしい日々に思えた。

「サナ」

「ガーシュイン」

公務を終えて部屋にやってきた彼は、息をするのと同じぐらい自然なことだと言わんばかりに、サナの唇を奪った。

「まだ起きてたのか？」

手紙を書いていた手元を覗き込みながら、ガーシュインがぱちくりと瞬きをした。

「あぁ、ニーナに手紙を書いていた」

「そうか」

微笑み、頬に口づけてくれたガーシュインは、そのまま長椅子に座る。

サナも机を離れ、ガーシュインに寄り掛かるようにして隣に座りながら、手紙に書いてあった彼女の近況を伝えた。

するとガーシュインも安心したように微笑む。

「まったく、もう少しマメに手紙を寄こせばいいものを。フィーゴ王国へ行って、もう三カ月も経つのにな」

「落ち着くまで忙しかったんだろう？　きっとこれからはマメに手紙をくれるさ」

サナの言葉にふっと目元を細めたガーシュインは、そのままサナを抱き上げると、膝の上に座らせた。

「俺も、サナから手紙の一通でもほしかったな」

「なんだ？　離れてた六年間をまた責めるのか？」

「そういうわけじゃない……でも、俺はお前の書く文字も、文章も好きだ。だからコレクションしたかった」

「なんだ？　それは」

偏執狂的な愛に、サナは呆れたため息をついた。

しかし、それだけ愛されているのだと思えば、気分は悪くない。

サナはガーシュインの頭を胸に抱いて、鬣を止めているリボンを解いた。

そして手櫛でその毛を梳いていく。

「まぁ、時にはお前に手紙を書くのもいいかもしれないな」

ゆったりとしたサナの呟きに、ガーシュインは少年のように瞳を輝かせた。

「本当か？　本当に書いてくれるのか？」

「書いてやるよ。いつか俺がお前より先にあの世へ行ってしまう時は、一生分の手紙を書いてやる」

「なんだ、お前は俺より先に死ぬつもりなのか？」

眉間に皺を寄せたガーシュインに、サナは口づける。

「そうじゃない。でも、毎日これだけ顔を合わせて話をしているんだ。手紙を書くタイミングなんて、あの世へ行く時ぐらいしかないんじゃないかと思ってな」

「不吉なことを」

ガーシュインが笑ったので、サナも心の中で笑った。

しかし死ぬまでに一度は、ガーシュインへ素直な想いと感謝を伝えるために、手紙を書こうと思った。

そんな日はすぐには来ないけれど、でも近いうちに――。

なぜそう考えたのかわからなかったが、サナは虫の知らせのようなものを感じた。

早く。

できるだけ早く、ガーシュインとリンリンに最期の手紙を書いておいた方がいいかもしれない。

これまで戦場で生きてきたサナは、ふっとそんなことを感じたのだった。

＊　＊　＊

季節の感謝祭は年四回ある。

その時期に採れた野菜や果物を食べながら、家族や仲間が集まり、豊穣の神に感謝するのだ。

そして冬の感謝祭は毎年離宮で行うというので、サナたちは十一月の終わりに南東の街へ移動することになった。

本来なら、例年は十二月になってから離宮へ行くのだが、最近王都は不穏な空気に包まれていた。

だから今年は、早めに出立することにしたのだ。

「今日も市民は騒いでおりますわね」

後宮の部屋から、歌のレッスンを受けるために音楽室へ向かう途中。侍女の一人が窓から見える王城前広場を見て呟いた。

「マリアンヌ様のことか？」

「はい……」

不安そうに眉を下げた侍女の脇に立ち、サナも王城前広場を見た。

不穏な空気の原因は、これだった。

何千という市民が王城前広場に集まり、横断幕を掲げ、大きな声でマリアンヌを批判する歌を歌っている。

歌詞は、サナとガーシュインの結婚を許さないマリアンヌは意地悪で、サナを王妃にしない彼女は悪魔そのものだ……という内容だ。

国王と王妃が結婚する際は、証人として父王のサインが必要となる。

父王が亡くなっている場合は、母親である前王妃のサインが必要だ。

とにかくこの国では、国王が結婚する際、国王に次ぐ者の承諾がいるのだ。

王妃不在のセルディンティーナ王国で、国王の次に権力を握るのはガーシュインの母親のマリアンヌだった。

だから彼女の承諾がなければ、サナとガーシュインは結婚することができない。

このことを知っている市民たちは、マリアンヌに二人の結婚を認めろ！　と歌い、抗議し、毎日王城前広場に集まってくる。

今ではサナが、セルディンティーナ王国民の希望だからだ。

ヒトとして世界初の王妃になれるかもしれないサナは、他国からも注目されるようになっていた。

しかし、偶然通りかかった集団が、そんな彼らを鼻で笑う。

「あんなことをすれば、私があなたと息子の結婚を許すとでも思っているのかしら？」

「マリアンヌ様」

サナと侍女たちが振り返った先には、大勢の貴婦人や侍女を引き連れたマリアンヌがいた。

彼女は卑しい者を見下すような、実に不愉快そうな表情をしていた。

「誰が何と言おうと、どれだけ貴族が寝返ろうと、私はガーシュインとヒトの結婚は認めませんからね。これが息子を思う母親の気持ちですわ」

演技がかった彼女の台詞に、取り巻きの貴婦人たちは大きく頷いて賛同している。

それもまた演技がかっているな……と冷静に観察していると、ふんっと鼻を鳴らして、マリアンヌたちはサナの横を通り過ぎて行く。

「サナ様、今のお言葉で傷つかないでくださいね。私たちはサナ様の味方です。サナ様を応援しているものは、この城にもたくさんおりますわ。どうぞ気落ちなさらず……」

侍女の優しい言葉に、サナは心の中で微笑んだ。

「大丈夫だ、俺はまったく傷ついてない。むしろもっと頑張らなくてはと、闘争心を燃やすほどだ。ありがとう」

気遣いを見せてくれた侍女たちに礼を述べると、サナは再び王城前広場を見た。

彼らが自分を応援してくれることはありがたい。

頑張る原動力になる。

しかし、国民の情熱は少し過剰になりすぎているところがあり、サナは心配していた。

これが悪い方向へ転ばないよう、ガーシュインも密偵を使って、情報収集や扇動はしてくれていた。

しかし、ここまで加熱してしまうと、マリアンヌの身に危険が及ぶのではないか？

もちろんそれは杞憂に終わるかもしれないが、ガーシュインにまた相談した方がいいかもしれない。

彼女はお嬢様育ちで、世間知らずだが、優しいところがある。

それにリンリンが愛する、大事な祖母だ。

サナも決してマリアンヌのことが嫌いではない。

きっと仲良くなれたら、一緒に茶を飲むのも楽しいだろうと思う。

サナは、嫌いな人物があまりこの世にいない。

人には必ず生まれ育った背景があって、故に出来上がった性格があって、今の行動がある。

それさえ理解できれば、大概の人とは仲良くできるとサナは思っていた。

そして本当に、これまでそういう人生を歩んできた。

だから蟠りさえ解ければ、マリアンヌとも仲良くなれる気がしていた。

同じ母親として、子育てについていろいろ教示願えればいいとさえ考えていた。

歌のレッスンを終えて、自分が主催した茶会にやってきた貴婦人や紳士をもてなし、全員が帰った頃には日も沈みかけていた。

部屋に帰ると、リンリンがハルカとともにボードゲームをしていて、サナはこの光景にホッと心が和んだ。

王妃になると決めてから茶会やレッスン以外にも、舞踏会や観劇などガーシュインに同伴する外出も増え、目の回るような忙しさだ。

だからこんな優しい日常の一コマに、心がすっと凪《な》いでいく。

リンリンとハルカが、絨毯の上に腹ばいになりながら遊んでいる姿を眺めながら、サナはソファーに座り、盤上の攻防戦を眺めていた。

するとガーシュインもやってきて、つかの間の休息を家族で過ごす。

ハルカは夕食が始まる頃に、パートナーである医師の彼が待つ家に帰ってしまう。

だから今日は、公務が早く終わったガーシュインも含め、家族三人で風呂に入った。

ヒトのサナは毎回思うのだが、獣人であるガーシュインとリンリンは、本当によく泡立つ。

バスタブの縁に腰掛け、湯に浸かるガーシュインの鬣を洗ってやると、彼の頭が倍ぐらい大きくなって、リンリンが大笑いした。

今度はリンリンを洗ってやると、リンリンの頭も泡で倍ぐらい大きくなって、今度はガーシュインが声を上げて笑った。

笑顔を忘れてしまったサナは、どんなに楽しくても笑うことができない。けれども、こんな風に三人で過ごせる時間が永遠にこないと思っていただけに、サナは家族で過ごす時間が心から愛おしい。

冬の離宮では、どんな思い出が作れるのだろう？

サナはそう思いながら、ガーシュインにバスタオルで包まれながら、身体を拭かれたのだった。

「サナ！　お父様にもらったコート、似合いますのん」

「リンリンも、赤いケープコートがよく似合ってるぞ」

冬の離宮へ旅立つ朝。

これまであまり厚着をしたことがなかったサナは、ガーシュインが仕立ててくれた羽毛入りのコートを羽織り、リンリンと姿見の前に立った。

リンリンは、耳まで入れることができるフードがついた、ケープコートがお気に入りだ。

どんなに毛に覆われていても、雪が降るような日は耳の先が冷たいらしく、リンリンは、

「耳の先っぽがジンジンするのーん！　お手々で温めてくださいなの〜」

と、サナにせがむ。

そんな時は「はいはい」と、冷たい耳を両手で覆ってやる。

するとリンリンは、ほぅ……と蕩けたような顔をする。

その表情がとても可愛くて、鼻先にキスをしてしまうのだが、最近親離れが進んできたリンリンは、そんなサナをムキーッと怒った。

「リンリンはもう、赤ちゃんじゃありませんのん！　お鼻にチュウとかしないでほしいんだわ！」

「じゃあ、どこならチュウしていいんだ？」

「おでこなら許しますのん！」

怒るわりには、キスをするのを許してくれるあたりまだ子どもなのだが、それでもサナは寂しいと思う。

「準備はできたか？　サナ、リンリン」

「はいですのん！」

濃紺のコートを羽織ったガーシュインは今日も凛々しく、サナはまた彼に恋をしてしまう。

「サナ、やっとそのコートを着てくれたのか」

嬉しそうにこちらへやってきたガーシュインに、こくりと頷く。

「せっかくだからな。普段着ているコートより厚手だが、その分やはり温かい。ありがとう、ガーシュイン」

微笑む代わりに小さく頭を下げると、腰を抱かれて口づけられた。

しかし、二人のコートの裾を引っ張る者がいる。

「お父様もサナもチュウしてないで、早く行きますのよ！」

友達を三十三人増やすべく燃えているリンリンは、早く冬の離宮へ行きたくて仕方がない。昨夜は興奮してなかなか寝つかず、大変だった。

「わかったわかった。それじゃあ行こうか、リンリン」

ガーシュインがリンリンを抱き上げて部屋を出たので、サナもそのあとに続いた。


城のエントランスホールでは従者や侍女が列を作って待っており、マリアンヌはすでに馬車に乗っていた。

サナたちは、数台ある貴族用の馬車の先頭車に乗り込んだ。

その次の馬車にはマリアンヌと侍女が。そして他の馬車には、縁故のある貴族たちが乗っている。一緒に冬の離宮へと遊びに行くからだ。

その前後を騎馬隊が挟み、後続には従者や侍女の馬車が続く。

この長い長い行列は季節の風物詩となっていて、多くの市民が見物に来るほどだ。

しかし、今年はその見物を禁止する布告をした。

サナを支持する市民が激増して、マリアンヌを良く思わない輩が増えたからだ。

よって状況を深刻に見たガーシュインは、マリアンヌが離宮へ移動する今日、何かあってはいけないと見物人を出さない方針にした。

道の両脇を等間隔で兵士が守る厳重警備の中、豪華な王族の大移動が始まった。

青い制服の騎士団は、この国の少年たちの憧れで、それは凛々しく立派だった。

色とりどりの馬車は、至るところに蔦や花の金細工が施され、その美しさは見ているだけでも楽しい。

それに何万という数の兵士が、寸分たがわぬ格好で沿道に並ぶ姿も圧巻で、見物禁止の布告をしても、この大移動を皆が遠巻きに見ていた。

なかには手を振る子どももがいて、サナも馬車の窓越しに手を振り返す。

高くて堅牢な壁に覆われた王都を出て、行列は次の街へと向かった。

南東の離宮まで、休みを挟みながら三日間の旅程だ。

間にある大きな街で宿を取り、リンリンを連れた観光も計画していた。

家族でこんな風に遠出するのは初めてなので、サナもリンリンも、そしてガーシュインも短いこの旅をとても楽しみにしている。

小雪が舞う中、農閑期の田畑を抜けて、少し寂しい農村に入る。

しかしこの村でも見物人は多く、兵士が作る壁越しに、羨望の眼差しを向けられた。

それに手を振って応えるのが、王族の仕事だ。

サナはそのことをリンリンに教えながら、慣れた様子で手を振るガーシュインと共に、親子三人でお手振りをした。

するとワッとその場が盛り上がり、皆が「国王万歳」と両手を上げた。

日頃、市民の反応を目の当たりにすることのないリンリンは、驚いた顔をしていた。

それと同時に、父親がどれだけ国民に愛されているのか理解したようだった。

村を通り過ぎると、道が整備された森の中に入る。

木漏れ日の中をキラキラと雪が舞って、とても幻想的な光景だった。

リンリンはオッドアイの目を輝かせ、サナを乗り越えるようにして窓の外を眺めていた。

「綺麗ですのん……」

「本当だな。まるで雪の妖精が踊っているみたいだ」

微笑んだガーシュインが、そう口にした時だった。

森の静寂を打ち破るように大きな爆発音がして、馬が一斉に嘶《いなな》いた。

「何事だ！」

ガーシュインが叫んだのと同時に、二発目の爆発音がすぐ脇でする。

これに驚いた馬たちは、馬車を引くのをやめて立ち止まってしまった。

サナは怯えるリンリンを抱きしめたまま、窓から周囲の様子を窺う。

すると突然発煙弾が周囲にばら撒かれ、一気に視界が悪くなった。

これは、完全なる襲撃だ。

馬車の中に備えつけられていた、細身の剣にサナが手を伸ばす。

騎士団長のロイが白馬で駆けつけて来て、馬車の扉を開けた。

「国王様！　サナ様！　現在、サナ様を王妃様にと暗躍している者たちに、取り囲まれた様子です！」

「なんだって？」

この報告に、驚いてサナは身を乗り出した。

「さぁ、私共の馬にお乗りください！　この場から急いで離れましょう！」

ロイの言葉に頷いた時だった。

「きゃーっ！」

兵士と市民が剣を交える音に混じって、マリアンヌや侍女たちの叫び声が聞こえた。

これにいち早く反応したのは、サナだった。

「ロイ！　今守るべきは、国王でも王太子でもない！　マリアンヌ様だ！」

叫ぶと、サナはリンリンをガーシュインに預け、馬車を飛び降りた。

「危ない！　行くな、サナ！」

引き留めるガーシュインの声は、もうサナには聞こえなかった。

自分の中を流れる兵士の血が……いや、戦う者の血が、今のサナを突き動かしている。

混沌とする煙幕の中を駆け抜けると、開けた景色の先に見えたものにハッとした。

そこには倒れた兵士たちの中で、男たちに無理やり跪《ひざまず》かされているマリアンヌの姿があった。

（マリアンヌ様！）

しかも向かい側には、斬首刑の執行人の如き男が立っていて、大きく剣を振り上げていた。

「マリアンヌ様！」

剣が振り下ろされた時だ。

反撃に出るには間に合わない！　そう覚《さと》ったサナは、握っていた剣を放り捨てると、マリアンヌを庇うように抱きしめた。

途端、背中を灼熱のような痛みが襲う。

「サナ！」

視界の隅に、リンリンをロイに預けて、こちらに駆けてくるガーシュインが見えた。

それと同時に、男たちは兵士や騎士団に取り押さえられ、マリアンヌは顔面蒼白で、倒れゆくサナを見つめている。

「サナ！　サナ！」

上半身をガーシュインに抱き起され、サナはやっと自分が斬られたことに気づいた。

生暖かい粘液が、コートを着た背中にじわじわと広がっていく。

「ガーシュイン……俺……」

「今はしゃべるな、救護隊がすぐに来る！」

見たこともないほど焦っているガーシュインを、どこか冷静に捉えていた。

しかも己の死を近くに感じながら、サナは怖いとか、恐ろしいなどという感情をまったく覚えなかった。

祈るのは、リンリンの健やかな成長と、ガーシュインの幸せだ。

「ガーシュイン……俺、お前に手紙を書いてやることができなかった……」

心残りを口にすると、ガーシュインが大きく頭を横に振る。

「これからいくらでも書けばいい。まるで死にゆくようなことを言うな、サナ！」

オッドアイの彼の目が潤み、いけない……とサナは思った。

愛する者を泣かせてはいけない。これは男の矜持だ。

それに、最期は愛しいガーシュインの笑顔を目に焼きつけておきたい。

「ガーシュイン……泣くな」

滴った血で赤く染まった手を、彼の頬に添えた。

「泣いていない！　泣いていないから……逝くな！　サナ！」

「馬鹿だな……ガーシュイン。俺は死なない。しばらく眠るだけだ」

なんとか愛しい者を宥めようと、サナは咄嗟に嘘をつく。

そしてとうとう涙を零したガーシュインに、サナはふっと微笑んだ。

「笑ってくれ、ガーシュイン。俺はお前の笑顔が好きだ……」

促すように自ら笑うと、ガーシュインがハッと目を瞠《みは》った。

「サナ……そんなに綺麗に笑わないでくれ。本当にお前がどこかに逝きそうで、怖い……」

「……だから、どこにも逝かないって言ってるだろう……」

意識がだんだん霞みだし、声も掠れ、口を動かす力もなくなってきた。

サナは再び微笑むと、ガーシュインの頬に触れた指を動かす。

どこへ逝っても、愛しい男の感触を忘れないように。

「サナ……」

その手を、大きなガーシュインの手が握った。

痛いぐらい強い力だった。

まるでこと切れる命の糸を、手繰り寄せるかのようだった。

この男に出会えて、本当に良かったと思う。

この男に愛されて、本当に幸せだった。

幸福だった。

リンリンの母親になれたことは、自分の誇りだ。

そう思い、サナはもう一度微笑むと、暗い暗い闇へと落ちていった。

愛しい男と、可愛い息子を思いながら。

＊　＊　＊

暖炉の薪が、爆ぜる音で目が覚めた。

(ここは……)

あの世ではなさそうだな……とぼんやり考えて、意識して指先を動かす。

足先も動かしたが、ちゃんと自分の思うままに動いた。

(良かった)

背中を斬られた時、神経までダメージを負わなかったようだ。

そう思いながら首だけ動かして周囲を見渡せば、ここはいつも家族で寝ている寝室だった。

サナは今、ベッドの上にいた。

小さな何かが脇で動く気配がして見ると、そこではリンリンがうつ伏せになって、スヤスヤと眠っている。

「リンリン……」

可愛らしさから呟くと、声は酷く掠れていて、もう何百年も話をしていないかのようだった。

喉が乾いたな……と感じた時だ。

「サナ様?」

白い看護服を着た女性が、洗面器とタオルを持ってやってきた。

「目が覚めたのですね! 良かった〜!」

彼女はまだ状況が飲み込みきれていないサナに微笑み、血圧計で血圧を測り、脈を取った。

それからもう一度微笑むと、「先生を呼んでまいりますわね」と部屋を出ていってしまう。

このあとが本当に大変だった。

医師よりも先にガーシュインが現れ、サナの手を握り締めておいおいと泣き出した。

これに起きたリンリンは、泣いている父親にびっくりして一緒に泣き出し、サナが二人の間で戸惑っていると、今度はマリアンヌまで部屋にやってきた。

また嫌味の一つでも言われるのかと覚悟していると、なぜか彼女も滝のような涙を流し、サナに縋りついてきた。

(誰か、助けてくれ……)

周囲にいる侍女も従者もハルカまでも「目覚めてよかった」と涙していて、医師がやってくるまでこの状況は続いた。

少し遅れてやってきた医師は、見覚えのある青年だった。

冬の離宮へ同行してくれたのは、ハルカのパートナーであるリョウジという青年で、特に外科手術に長けている医師だった。

諸国を留学し、最先端の知識と技術を身につけてきたリョウジは、サナがマリアンヌを庇って斬られた際、すぐに近くの病院へサナを運び込み、手術をしてくれたという。

しかも幸いなことに、サナはあの日着ていた厚手のコートに助けられた。

リョウジの話によると傷は大きかったものの、ガーシュインがくれた厚手のコートがサナを守ってくれて、出血は最小限で済んだという。

それでも三十針以上縫ったという傷は重傷で、サナは一週間も眠り続けていたらしい。

その間、寝ずに看病してくれたのはマリアンヌだと聞いて、サナは驚いた。

「ありがとう、サナ。私はあなたのおかげで、こうして生きてます」

マリアンヌの滝のような涙の理由を理解し、サナは彼女に微笑んだ。

「いや、マリアンヌ様にお怪我がなくて良かった」

心からの素直な言葉に、マリアンヌはまた涙を拭う。

「あなたという人は、どこまで優しいのでしょう」

こうして目覚めたサナは、前王妃を命がけで守った英雄として、さらに国民から支持されるようになった。

「まるで聖人扱いだな」

季節も春めき、傷もすっかり良くなったサナは、部屋に運ばれてきた朝刊を読んで笑った。

サナを王妃に！　と、過激な行動に出た市民団体は解体され、実行犯たちは服役中だ。

この騒動で、冬の離宮行きはなくなってしまったが、家族で過ごした冬の感謝祭は、とても楽しいものとなった。

「サナは聖人なのん？」

侍女に着替えさせてもらっていたリンリンが首を傾げたので、サナは穏やかに否定した。

「いや、ただのヒトだ」

「――しかし、聖人というのは奇跡も起こすらしいからな。あながち間違っていないのかもしれないぞ？」

「ガーシュイン、おはよう」

「あぁ、おはよう」

最近同じベッドで寝なくなったガーシュインが、サナとリンリンの部屋にやってきた。

「ところで奇跡とはなんだ？」

「まだ未確定だから言えんが、奇跡が起き次第教えるよ」

なんとも曖昧な言い方をされたが、挨拶のキスを頬にされ、サナの意識はそちらに逸れた。

（またた……）

サナはガーシュインがしてくれたキスに、不満を感じた。

（どうして最近ガーシュインは、唇にキスをしてくれないんだ？）

最初は気にならなかったが、彼は最近、意図的にサナの唇に触れないようにしているらしかった。

しかも毎晩寝室にも来ない。

（もしかして、浮気でもしてるのか？）

自分が眠っていた一週間の間に、彼の中で何か変化でも起きたのだろうか？

そんなことを悶々と考えていると、マリアンヌが部屋を訪ねてきた。

「おはようございます、皆さん。さぁ、朝食を食べに行きましょう」

そんなガーシュインとは打って変わって、マリアンヌは命の恩人であるサナをすっかり気に入ったらしく、毎度食事の時間になると迎えに来るようになった。

もちろん茶会にも呼ばれるようになり、ガーシュインと一緒にいる時間より、マリアンヌとともにいる時間の方が長いのではないか？　とさえ思う。

この日も歌やダンスのレッスン、王妃として必要な教養を身につける講義を受け、サナは一日を終えた。慈善団体の活動にも参加した。

そして大作だった『一億年生きたメダカ』も最終話を迎え、リンリンにベッドの中で話し聞かせてやると、結末に納得したように彼は幸せそうに眠りについた。

いつもならサナもここで一緒に寝てしまうのだが、今夜はそうしなかった。

侍女にリンリンのことを頼むと、すでに公務を終えているだろうガーシュインの部屋へ向かった。


「サナ？」

滅多に来ない自分の部屋にサナが来たことに驚いたガーシュインは、ワインを出してもてなしてくれたが、どこかおどおどしていた。

この挙動不審な様子が、さらに浮気疑惑に拍車をかける。

「おい」

意図せず低い声が出て、ソファーの向かいに座るガーシュインが耳をぴるぴるとさせた。

髭もぴんっと張っていて、緊張しているのがわかる。

「お前、浮気してるのか？」

「は？」

ソファーのテーブルに両手を突いて身を乗り出すと、ガーシュインはびっくりしたように目を瞬かせた。

「最近、様子がおかしい！　どうして俺の唇にキスしない？　どうして俺の寝室で寝起きしない？他に好きな奴でもできたのか？　正直に言え！　ガーシュイン！」

事と次第によっては容赦しない！　と息巻きながら詰め寄ると、ガーシュインは首を横に振った。

「正直にって……お前は何か誤解している」

「誤解だと？　しらばっくれようとしても無駄だから……」

な！　と続けようとした時だ。

その言葉を遮るように、ガーシュインに唇を塞がれた。

押しつけられたようなキスは、大きな舌を差し込まれて、甘いものへ変わっていく。

「ん……」

後頭部を優しく固定されてさらに口内を深く愛されると、サナの呼吸が荒くなる。

ずっとこれを待っていたんだ……と、サナもガーシュインの舌をきつく吸った。

すると顔の角度を変えて、キスはもっと深くなる。

「……ガーシュイン」

唇を離されて、サナの瞳がとろりと潤んだ。

「俺は今でも一番お前を愛してる。サナがいなければ生きる意味がないと思うほどにな」

二人の間にあるテーブルが邪魔になって、サナはその上に乗り上げると、ガーシュインの膝の上に移動した。そして跨るように腰を下ろすと、逞しい首に両腕を回す。

「じゃあ、なんで俺を避けるようなことをしたんだ?」

上目遣いに訊ねると、鼻先を擦り合わされた。

「まぁ、実際避けていたからな」

「はぁ?」

せっかく許してやろうと思ったのに笑顔で言われ、サナの眉間におもいっきり皺が寄った。

しかしガーシュインは、鼻先をつけたまま言葉を続ける。

「お前は大きな怪我をしたんだ。リョウジは最小限の出血だったと言ったが、俺のコートが黒く染まるぐらいお前は血を流した。それに何十針と縫って、一週間も目を覚まさなかったんだぞ」

あの時の光景を思い出したのか、ガーシュインの表情が翳った。

「だからキスをしなかった。同じベッドで眠るのもやめた」

「どうして?」

耳朶を甘噛みされて、サナの肩がぴくりと跳ねる。

「一度でも唇を触れ合わせたら、お前が欲しくなる。同じベッドに入ったら、すぐにでもお前を抱きたくなってしまう」

「抱けばいいじゃないか」

拗ねたように口にすると、ガーシュインは笑った。

「俺の理性を試すようなことを言うな。俺はサナの身体が心配なんだ。あんな大怪我を負ったんだ。

無理はさせたくない」

瞳を合わせると、ガーシュインはサナの頭をぽんぽんと撫でた。

「それにお前は笑顔を取り戻した。笑った顔は世界で一番可愛い。この上なく魅力的だ」

眩しいものでも見るように瞳を眇《すが》められて、ほんのりとサナの頬は熱くなる。

「もう怪我は治った」

「でも、傷は引き攣れるだろう？」

心配そうに訊かれて、サナは言葉に詰まる。

怪我が治ったのは本当だが、正直まだ違和感はあったからだ。

「でも、俺がもう耐えられない。ガーシュインが欲しい。滅茶苦茶に抱かれたい」

自ら唇を押し当てて口づけると、サナは自分のパジャマのボタンを外した。

そしてガーシュインのシャツのボタンも外す。

「こら、煽るな」

困ったように眉を寄せるガーシュインの手を取って、指先が乳首に当たるようにわざと触れさせた。

それでもガーシュインは理性を保っているので、サナは腰を上げると、ズボンと下着を脱ぎ捨てる。

「抱いてくれないんだったら俺が勝手にする。お前は指を咥えて見てればいい」

「サナ……」

肩から上着を落として全裸になると、勝手にガーシュインに口づけて、サナは自ら乳首を弄り出した。

「ん……っ」

ガーシュインの熱い視線を感じながら、桃色の乳首を捏ねたり引っ張ったりする。

（あ……気持ちいい……）

するとそこはだんだん熟れだし、肉粒は芯を持ちだした。

「あ……ん……」

白い喉を仰け反らせながら、尖った先端を転がすと腰が揺れた。

ガーシュインの股間が硬くなっているのを感じる。

それが嬉しくてもっと腰を擦りつけると、サナの肉芯もさらに硬度を増した。

とうとうガーシュインが、べろりと首筋を舐めた。

甘く牙を立てながら、サナの肩を食む。

「抱かないんじゃなかったのか？」

余裕なんてなかったが、サナはわざと意地悪な言葉をガーシュインに投げた。

「抱いていない。お前を食べてるだけだ」

「なんだ……それ……」

くすりと笑うと、ガーシュインはサナの耳の中まで舌を差し入れ、くちゅくちゅ……と愛撫した。

彼は言葉通り味わうように舌や唇を触れさせるだけで、手は出してこない。

けれども舌を絡め合うキスは官能的で、サナの理性をとろとろと融かす。

「ん……ガーシュイン、もっと……」

引き締まった腹に亀頭を擦りつけながら、口づけをせがむ。

そして苦しそうなほどズボンの中で昂っているガーシュインのそれを、サナは双丘の間に挟むようにした。

「うっ……」

そうして彼の首に抱きつき腰を前後させると、まるで挿入されているかのような感覚に陥る。

「あんっ……ガーシュイン……気持ちいい」

「サナ……サナ……」

この勝負は、サナの勝ちだった。

ガーシュインは限界だと言わんばかりに細い身体を抱き締めると、噛みつく勢いでサナの唇を奪った。

そして愛らしい双丘を撫で回すと、潤んだ蕾に指を挿入させる。

「あぁ……っ」

待ち望んでいた久しい快感に、サナの背中が撓る。

互いの口腔を貪り合いながら、ガーシュインは左手で尻を揉み、右手の指でサナの中を犯していった。

「ん……ふぁ……んぅ」

キスで口を塞がれたまま、サナは前立腺を刺激される。

そのせいで甘い喘ぎはガーシュインの口内でくぐもり、あふあふ……と喘いでしまった。

それでもキスをやめたくなくて、サナはガーシュインの牙を舐め上げると、もう一度舌を絡ませあった。

飲み込みきれなかった唾液が口角を伝い、細い顎から滴り落ちる。

「サナ……お前の赤い実を舐めさせてくれ」

欲情に血走った目で見つめられ、サナはガーシュインが乳首を舐めやすいように、膝立ちになった。

すると長く熱い舌で尖りを擽られて、身体がびくりと跳ね上がる。

「あんっ！　ガーシュイン……」

後孔を弄られながら乳首や乳輪を嘗め回され、サナは限界が近づいた。

「だめだ……これ以上されたら……いく……」

ガーシュインの頭を抱き込みながら訴えると、彼の愛撫はさらに激しくなった。

「本当に……だめっ！　やぁ……っ」

指は根元まで深く挿入され、激しい抽挿を繰り返した。

「あぁぁ……っ」

途端、サナの精液が勢いよく迸った。

肉茎を弄られることもなく、サナは後孔と乳首だけで果ててしまったのだ。

「はぁ……あぁ……んっ」

男として、後孔と乳首だけで果ててしまったことに羞恥を覚えたサナは、頬を真っ赤に染めるとガーシュインを罵った。

「馬鹿っ！」

しかし嬉しそうに微笑むと、ガーシュインはサナを横抱きにしてベッドへ連れて行く。

「ん……っ」

優しく下ろされて、そのまま四つん這いになるように促された。

「どうして、この体勢なんだ?」

彼は自分の顔が見える体位が好きなはずだ。

サナも、ガーシュインの熱い視線を感じながら抱かれる方が燃える。

けれども微笑んだまま、ガーシュインは何も言わない。

不思議に思って首を傾げていると、優しく覆い被さってきた彼に、治った背中の傷を優しく舌で辿られた。

「あ……」

まだ柔らかな皮膚のそこを愛されると、ぞくぞくとした何とも言えない快楽が襲ってくる。

「綺麗だったサナの背中に、こんな傷をつけた輩を俺は一生許さない。でもお前が母上を守ってくれたからこそ、今の幸せがある。本当にありがとう、サナ。そして愛してる」

「ガーシュイン……」

後ろを振り返ると、真摯な視線とぶつかって、そのまま口づけあった。

そうして衣服をすべて脱いだガーシュインは、サナの蕾に再び指を挿入し、丁寧に……そして官能的にそこを解していく。

「あぁ……ガーシュイン、そんなに優しくしてくれなくていいから……早く、きて……」

指を増やされて内壁を擽られて、二本の指で広げるようにされると、もう彼の熱が欲しくて欲しくて仕方なくなった。

愉悦の涙を浮かべたサナが「お願い……」と懇願すると、細い腰を両手で掴み、ガーシュインは猛った熱をゆっくり挿入してくれた。

「はぁ……あぁ……んん」

求めていた熱で体内を埋められ、悦楽と満足の吐息が漏れる。

そうして根元まで納めると、ガーシュインは伺うように腰を動かした。

「あんっ、んん……っ」

最奥の腸壁をノックするように刺激されて、サナの肉茎が硬度を増す。

気遣ってくれているのか？　ガーシュインは華奢な身体に負担がかかっていないか確かめながら、徐々に腰の動きを大きくしていった。

「ひゃ……っ、あぁ……っ」

切っ先で前立腺を押し上げられて、サナの腰がびくんと大きく跳ねる。

本当は、ガーシュインに正面から突き上げて欲しい。

けれども背後から責められるのも、本能むき出しの背徳感を覚えて、サナは思わず興奮してしまう。

とろとろと先走りが零れ、シーツを濡らす。

背中を撓らせると腰を高くして、サナはガーシュインの思うままに抽挿を許した。

「気持ちいい……あぁ、気持ちい……ガーシュイン」

「俺も気持ちがいいぞ。サナの中は本当に素晴らしい。一度味わったら、二度と手放せなくなる」

褒められて、素直に嬉しいと思った。

サナだって、ガーシュインの心も身体も大好きだ。

この言葉にきゅうと括約筋を締めてやると、「うっ……」とガーシュインが息を詰めた。

「こら、あまり悪戯をするな。いってしまうぞ」

背後から叱られ、ぺちりと尻を叩かれる。

しかしその感触すら快感にすり替わり、サナは振り向くと「いこう……」と可愛く尻を振った。

「俺もいきそうだ……中が熱に擦られて……堪らなく気持ちがいい……」

再び肉茎を弄ることなく果ててしまいそうなサナの気配に、ガーシュインの動きはさらに激しくなった。

「あぁ……あぁ、もっと、もっとして……」

卑猥な水音が室内に響き、サナの羞恥心をひどく煽った。

しかし、今は羞恥も官能の一つでしかなく、サナは激しい腰使いに甘い嬌声を上げ続けた。

そうして目の前がだんだんと白み出すと、すべてを解放するような絶頂が訪れる。

「あぁぁ……っ！」

勢いよく吐精したのと同時に、身体の奥に熱い飛沫を感じる。

ガーシュインも射精したのだと感じると、さらに絶頂は尾を引いて、甘い痺れが全身を支配した。

「はぁ……、んん……っ」

手足に力が入らなくなって、サナは潰れるようにしてベッドに倒れ込んだ。

すると後孔から長大なガーシュインがずるりと抜けて、その感覚にも身体が震える。

頬にキスをされて、ガーシュインも横に転がった。

「身体は辛くないか？」

訊ねられ、サナは柔らかく微笑んだ。

「全然大丈夫だ。休んだら、あと二回はするぞ、ガーシュイン」

「本当にサナは元気だな」

笑ったガーシュインにサナも笑った。

「俺、もうひとり子どもが欲しいんだ。だから頑張らないとな」

「本気か？　サナ」

「だめか？」

不安になって問うと、ガーシュインは嬉しそうに口づけてくれた。

「そんなわけないだろう？　俺も、リンリンにきょうだいを作ってやりたいと思っていたところだ」

「良かった」

ほっとしてガーシュインの唇に自ら口づけると、それが快感の引き金となって、二人は再び身体を繋げたのだった。

＊　＊　＊

ヒトと獣人の結婚式では、首輪を外してうなじを噛んでもらう儀式がある。

数日前から何度もその練習をし、先ほどその儀式を終えたサナは、代々続く王族の家系図に自ら名前を書き込み、セルディンティーナ王国の正式な王妃となった。

宣誓書にはマリアンヌのサインも書かれ、二人は晴れて夫婦となったのだ。

国民にも受け入れられ、ガーシュインとサナの結婚式は十日間にもわたって催された。

世界で初めてヒトとして王族になったサナは、各国の王族や貴族の考え方に大きな変化を与えた。

これまで側室にしかなれなかったヒトの地位向上に、大きく貢献することとなったのだ。

『ありがとうございます、サナ王妃。あなたのおかげで、私は愛する国王の正妻になれました』

王妃の身分になれなかったはずのヒトから、サナの事例から王妃になることができたという手紙が何通も届き、サナもガーシュインも目を細めて見つめ合った。

――それから四年後。

「ランラン、お兄様とかけっこしますのよ！」

「おにいたま、待ってくださいなのーん！」

結婚した翌年にリンリンの妹を出産したサナは、九歳と三歳の子どもを育てながら、公私ともに忙しい。

しかしこうして家族四人でいられる時間が、何より幸せだとしみじみ感じていた。

庭で遊ぶリンリンとランラン……ランディーナ王女……を見守りながら、サナはガーシュインと温かい紅茶を飲んだ。

紅茶はサナのためにブレンドされた、『王妃の微笑み』だ。バラの中にも蜂蜜を思わせる甘い香りがする、飲み口のすっきりとした一級品だ。

「今日も紅茶が美味しいな。これもサナがそばにいてくれるおかげだ」

そう言って微笑んだガーシュインに、サナはふっと顔を上げた。

その表情は、笑うことを忘れていたとは思えないほど、眩しく穏やかな笑顔だった。

《おわり》

優しい紙飛行機

（書き下ろしショートストーリー）

ランランは怒っていた。

身の丈は大人の獣人の膝ほどだろう。

しかし、今年五歳になった彼女は立派なレディーなのだ。

お気に入りのうさぎのぬいぐるみを抱え、ふわふわの頬を膨らませて、愛らしいバラ色のドレスに身を包み、ぷりぷりと怒っていた。

王城の廊下には今日も穏やかな日差しが差し込み、実に平和だ。

怒っているのはランディーナ……ランランだけで、その後ろを、乳母と侍女たちが楚々《そそ》と付いて行く。

「だって酷いですのん！　ランランは大きくなったらお父様と結婚したいのに、お父様ったら『嬉しい申し出だけど、お父様はもうお母様のものだ』って言うんだわ！」

ランランは強く逞しく、そして博識で優しい父親が大好きだ。

広い国土を持つセルディィンティィーナ王国を治め、発展に導き、泰平を保つその政治的手腕は、周辺国からも一目置かれている。ランランの父はこの国の国王なのだ。

「だったらお母様と半分こでもいいですのん。でもお母様ったら『ガーシュインを半分に切ることはできない』って真面目な顔で仰って……ランランはお父様と結婚したいだけですのにっ！」

美しい花柄で装飾された自室のドアをバンッと開け、傷心のランランは子ども用の天蓋付きベッドにバフンッと飛び乗った。

うつ伏せのまましばらく動かず、侍女たちが心配し出した頃にごろりと横を向いた。

「はぁ……これが『恋』というものなんだわ。胸が張り裂けそうなのよ……」

プラチナゴールドの鬣《たてがみ》にリボンをつけ、美しい空色の瞳を涙で潤ませるランランだが、それはちょっと強めの親子愛に過ぎないことをまだ知らない。

確かに獣人である父親のガーシュインは良い男だ。容姿も中身も申し分ない。申し分ないどころか、その賢明さと美しさは他の追随を許さない。それほど立派な紳士だ。

剣の腕も立ち、戦場では『炎の金獅子王』と呼ばれ、他国に恐れられたこともある。

しかし大陸内の戦争を納め、自国を勝利に導いた今では、実に毎日が平和である。

そんな父親を誇らしく思い、憧れ、大好きになる娘の気持ちもわからなくはない。しかもランランは情熱的な性格だ。口元にバラの花を咥えて、踊ってしまいそうなほど愛に生きる女の子なのだ。

「お兄様に相談しても『それは仕方ない』のひとことで片付けられてしまって……はぁ、ランランはどうしたらいいですのん？」

大きな瞳から大きな雫が零《こぼ》れ、しくしくと泣き出した彼女に、周囲の侍女は慌てふためき出した。

しかし、乳母兼教育係であるハルカは、そんな彼女にも動じない。

ベッドの端に座ると、優しく鬣を撫で、こちらを向いた彼女を優しく抱き上げた。

「ランラン様、おーいえー。時に人は傷つくことも大事ですのん。それはもっと強い者になるために、必要なことなんですわ。ランラン様は強い女の子はお嫌いかしらん？」

ハルカの質問に、ランランは涙を拭きながら首を横に振った。

「ランランは強くなりますのん。お母様のように馬を乗りこなし、大剣を振るい、悪い奴をやっつけますのん」

「おーいえー、おーいえー。それでは今の胸の痛みも必要ですのよ。強い女の子になるためには、試練はつきものなんだわ」

「えぇ、わかっているのよ。でも……でも、ランランはお父様が好きなの～ん」

びえーんと再び泣き出した彼女を、

「辛い時はお泣きなさいませませ。さぁ、眠りなさい。疲れきった～身体を～投げ出しーてー」

少し古い歌をハルカが歌い出すと、周囲はいつもの雰囲気に戻ったと安心して、ランランが大好きなケーキや新しいドレス、美しい花束やお気に入りのおもちゃを用意し出した。もちろんランランをあやすためだ。

しかし彼女が、父親への深い思慕に苦しんでいることは、ガーシュインと母親のサナの耳には入れておいた方がいいな……とハルカは考えていた。

何か対策を練らないと、この感情は捻《ねじ》れてしまうかも知れない。

そうしなければ、乳母兼教育係のハルカの経験から、素直な子どもに育たないかもしれない……

という危惧があったからだ。


「そうか……ランランはそこまでガーシュインが好きなのか」

ふわふわのミルクティー色の巻き毛を揺らしながら、ハルカが向かった先はサナの部屋だった。

「はいですのん。ランラン様は本当にお父様がお好きなんですのん」

赤毛にエメラルドグリーンの瞳をしたサナは、今日も美しかった。

海の色を濃くしたような碧《あお》のフロックコートを纏《まと》い、長椅子に足を組んで座っている。

その膝の上に、寛いだ様子でガーシュインが頭を乗せて横たわっていた。

さっきまで昼寝でもしていたのだろう、彼はまだ眠たそうだ。

「もちろんこのまま『お父様、大好き！』でもよろしいと思うんだわ。でもでももしも拗《す》ねて素直な子に育たなかった場合を考えて、何か対策を練った方がよろしいんじゃないかしらって思いますのん」

「そうだな。ハルカがそう言うならランランの『恋煩い』に薬が必要だな……」

サナが呟くと、ガーシュインは柔らかな肉球のついた手で妻の頬を撫でた。

「そんなに憂うな、サナ。あと数日もすれば、ランランの興味は他所へ移るさ」

「「これだからアルファの男って奴は……」」

サナとハルカの声が重なり、剣呑《けんのん》な空気がガーシュインを包んだ。

ガーシュインはしまった！　という顔をしながら、生唾を飲む。

サナもハルカも男だが、子を孕《はら》み、産むことのできるオメガだ。

オメガは子を育てるという本能が発達している。

よって他人の感情の機微に敏感なのだ。

しかし子を産むことができないアルファの男は、ちょっと子育てに楽観的なところがある。

家で子を育てることに長《た》けたオメガ男性よりも、外で働くことに長けているからだ。

そんな重たい空気を破るように、快活な足取りで、一人の少年がサナの部屋へやってきた。

「お父様、お母様。ご機嫌麗しゅうございます」

「リンリン、学校から帰ってきたのか。お疲れ様」

サナは一週間振りに会う息子に微笑んだ。

「ありがとうございます。今週は、かつてお父様にも教鞭を振るったという数学の先生が……」

今日は土曜日だ。週末だ。

七歳の時から、王立パブリックスクールに通い出したリンリンこと、長兄のリンディーは、ハルカが座る一人用のソファーの横に腰を下ろした。

そして今週あった出来事を簡潔に、そして面白おかしく話してくれた。

普段は全寮制での暮らしなので、週末しか帰ってこない兄に、一目散に飛びついてくるのがランランだ。

優しくて穏やかなリンリンが大好きなランランをリンリンも溺愛していて、帰ってきた週末はべったりと兄にくっついている。

そんなランランの姿が見当たらないことに、リンリンは首を捻った。

「ランランは？　今日はまだ一度も見かけてないんだけれど……」

「今はお昼寝中ですのん。ちょっと悲しい出来事がありましたから。ランラン様は今、傷心中なんだわ」

「悲しいことって、どんなことだい!?」

可愛い妹に何があったのかと驚いたリンリンは、ハルカから事の顛末を聞いて、腹を抱えて笑った。目尻に寄った皺が父親そっくりだ。

「なんだ、そんなことか。僕はてっきり怪我でもしたのかと……」

「このハルカ・ラファエルがついている限り、女の子のランラン様に傷一つお付けすることはありませんのん！　でもでも、心の傷はどうにもしてあげられませんのん……」

「僕にいい案があるんだけど、どうだろう？　お父様もお母様もハルカも協力してくれるかい？」

「もちろんですのん！」

「その案とは？」

身を乗り出したハルカとサナに、リンリンは耳打ちするように言った。

「それは名案ですのん！」

「確かに。手っ取り早くて、傷つくことなくガーシュインから父親離れできるな」

「そうでしょ？　名案でしょ？」

少し得意げなリンリンの頭を、サナはわしわしと撫でた。

「お前は良き兄であり、良き息子だ」

「ありがたきお言葉です」

「リンリンがこんなに優しいお兄様に成長して、ハルカちゃんも嬉しいんだわ」

「リンリンもハルカちゃんに褒められて嬉しんだわ。光栄ですのん」

クシャッと顔を歪《ゆが》ませながら、ふざけて彼は笑った。

パブリックスクールの優等生は、悲しいかな。もう独特な『ハルカちゃん語』を使わない。使わないように猛練習したからだ。

しかし時々、懐かしむようにわざと『ハルカちゃん語』を使う。

それはちょっとした冗談でもあり、幼い頃を懐かしんでいるようだった。

＊　＊　＊

それから一週間後。ランランが王城の中庭でブランコに乗っていると、ふわりと何かが空から舞い降りてきた。

「なんでしょうか？　私が取りに行ってまいりますわね」

侍女のひとりがそう言いながら近づき、舞い降りてきたものを優しく手に乗せながら、ランランのもとへ戻ってきた。

「『ランディーナ姫へ』と書かれておりますわ」

「私に?」

ランランはぴょんとブランコから飛び降りると、それを侍女から受け取った。

それは紙飛行機だった。

羽の部分には、確かに『ランディーナ姫へ』と青いインクで書かれている。

ランランは紙飛行機をそっと開いた。

するとそこには大人にしては拙《つたな》い、しかし子どもにしては流暢な文字で、こう書かれていた。

『ランディーナ姫へ
ごきげんよう。

僕はジョージと申します。

ランディーナ姫のお兄様の友人です。

何も恐れることはありません。

この紙飛行機は、ランディーナ姫へのラブレターです。

どうぞ、この押し花とともに受け取ってください』

確かに紙飛行機の中には、美しいスミレの押し花が入っていた。

「まぁ、なんて素敵なプレゼントなのかしらん! しかもラブレターだなんて初めてもらいましたのん!」

脇から様子を覗いていたハルカは、鼻筋の通った美しい顔に笑みを乗せた。

「おーいえー！　スミレの押し花入りのラブレターなんて、とても素敵ですのん。きっとこのお手紙をくださったジョージ様は、立派な紳士に違いありませんのん」

「それでは、ジョージ様にお返事を書かなくてはなりませんね」

侍女のひとりがそういうと、ランランはハッとした顔をして駆け出した。胸に手紙と押し花を抱いて。

そして自室に飛び込むと、子ども用の史机に座り、王家の紋章が入った便箋にペンを走らせた。まだ覚えたての文字で、必死に返事を書いた。

『ジョージさまへ
ごきげんうるわしゅうございます。

すてきなおてがみとおしばなをありがとうございました。

いつかあいにきてください』

ランランの頬は興奮と羞恥で赤く染まっていた。そして瞳は希望と憧れに輝いていた。

この様子を見て、ハルカはさらに笑みを深くした。

「ハルカ！」

「はいですのん」

「このお手紙をジョージ様に届けてほしいですのん！　あぁ、あとこの間作ったしおりと一緒に」

ランランは机の引き出しからリボンの付いた手製のしおりを取り出すと、手紙を紙飛行機型に折り、しおりとともにハルカに渡した。

「確かにお預かりいたしましたのん」

ハルカは再び微笑むと、恭しく頭を下げて、部屋を出て行った。この手紙を『ジョージ様』に届けるために。

それからというもの、毎週土曜日の二時になると、ランランお気に入りのブランコの前に、紙飛行機が舞い降りてくるようになった。

ランランはそれを心待ちにし、毎回一緒に届けられる押し花をコレクションするようになった。

しかし、不思議なことに紙飛行機の手紙は、五人の紳士（文字から子どもだと思われる）から届いた。

ジョージ、アラン、エール、スチュアート、そしてモンスール。

どの手紙も、内容は日常あったことを伝える素朴なものだったが、それでもランランは一生懸命返事の手紙を書いた。最近では、かなり字を書くことが上達したほどだ。

「でも、この紙飛行機はどこからやってくるのかしらん？」

土曜日。リンリンを囲んでの家族の四人でのお茶会で、ランランは母親のサナに手紙を自慢しながら首を傾げた。

「さぁな。しかしこの世には目には見えない『風見鶏』という鳥がいるらしい。風見鶏は風の方向を上手くとらえると、手紙を届ける相手のもとにそれを落としていくというから、もしかしたら風見鶏の仕業かもな」

「風見鶏さんが届けてくださってるんですのん!?」

ランランの目はさらに輝き、椅子の上に立ってくるりと回った。ドレスの裾がふわりと舞って、まるで花の精のように可愛らしい。

もちろん、この世に手紙を届ける『風見鶏』などと言う鳥は存在しない。

しかし物語や詩の創作が得意なサナは、ランランの夢を壊さないよう、優しい嘘をついた。いや、優しい物語を創作した。

本当の風見鶏に気づく年頃になったら怒られるだろうが、その時は素直に謝ればいいと考えながら。

それからも五人の小さな紳士との文通は続き、いつしかランランは父親離れをしていた。

急に見向きもされなくなった父親のガーシュインは寂しそうにしていたが、娘はいつか父親のもとを離れるものなので、父親離れは早い方がいい。

そう言って笑ったサナは、その晩からしばらく毎日抱かれるようになった。

まるで仕返しとばかりに、激しく愛された。

＊　＊　＊

「でも、ジョージたちは本当にランランに会いたくなったと言って、毎日うるさいんですよ」

文通が始まって、幾度目かの週末。

ランランが寝たあとの両親の寝室で、リンリンは困ったようにため息をついた。

「それなら本当に会わせてやればいい」

サナはけろりとした顔で言った。

「お母様、何を仰っているんですか？　ランランは王女です。大事なこの国の宝ですよ？　そうそう男どもには会わせられません」

「お前の親友たちは、そんなに危険な奴らばかりなのか？」

「そんなことはありません。いい奴らです」

「なら問題ないじゃないか。ランランも喜ぶぞ」

そう、幼き紳士たちは、みなリンリンの学友たちだったのだ。

いや、それ以上に仲の良い親友たちで、いつも六人で遊んだりはしゃいだり、時には教師に怒られたりした。

他のものに目を向けさせて、ランランの父親離れをさせようと思いついたリンリンは、親友たちにお願いして、毎週ある手紙の授業の時間に、ランランに手紙を書いてもらうことにしたのだ。

押し花は学友の少女からたくさんもらい、それを毎週紙飛行機型に折った手紙にしのばせて、ブランコの前へ落ちるよう、リンリンが自室の窓から飛ばしていたのだ。

この作戦は見事にランランの心を捉え、父親離れも成功した。その代わり親友たちには学食を奢《おご》ることになってしまったが。

そして紙飛行機の文通が、二カ月を過ぎた頃。

ランランの親友である、ジョージ、アラン、エール、スチュアート、モンスールが城を訊ねてきた。

ランランは一層おめかしをして彼らを招き、暗くなるまで一緒に遊んだ。

ジョージもアランも、エールもスチュアートもモンスールも、みな美しい顔をした好青年で、爵位も伯爵以上の家柄の息子たちだった。

「どの者がランランの夫となっても、おかしくはない……ということか」

夜、ベッドに腰掛けて月を眺めていたガーシュインの背中は寂しそうだった。

それに気づいたサナは、大きな背中にそっと抱きついた。

「何を言っている。ランランが嫁に行くのはまだ十年は先だぞ？　それにリンリンの親友たちは、みな良い子じゃないか。俺なら喜んでランランを嫁に出すけどな」

「サナは少しさっぱりし過ぎているぞ」

こちらを振り向かれ、サナはとうとう声を上げて笑った。ガーシュインの拗ねた顔など、滅多に拝めないからだ。

「大丈夫だよ。ランランに相手にされなくなったぶん、俺がお前を愛してやる」

「今以上に？」

「今以上に」

「今夜もあの体位をしてくれるのか？」

「お前が望めば」

そう言った途端、ガーシュインはガルルル……と喉を鳴らしながら、サナを押し倒した。

「では見せてもらおうか？　お前が恥じらい乱れる淫猥な姿を」

「お望みのままに。国王様」

噛みつくように口づけられて、大きな舌がサナの小さな口の中をいっぱいに満たした。

もう何百回、何千回と抱かれているのに、この男に抱かれることに全然飽きることがない……。

サナはそう思いながら、自らパジャマのボタンを外した。


気持ちの良い初夏の風に吹かれながら、ランランとリンリンと親友たちは、城内の池で釣りをして遊んでいた。

あの文通以降、すっかり仲が良くなった七人は、今度ガーシュイン専用の船で離宮がある島へ遊びに行く予定だ。

ランラン五歳、リンリン十歳。

いずれこの親友たちの中から、生涯の伴侶が決まることなど、まだ知る由もなかった。

《おわり》

ピンクの鼻と長い髭

（書き下ろしショートストーリー）

紙書籍限定

サナは、ガーシュインの鼻が好きだ。

いつもほどよく湿っていて、大きくてピンク色で、良い匂いを嗅ぐ時はヒクヒクと動く。人である自分なんかより、ずっと遠くの匂いを嗅ぐことができるらしい鼻は、時々天気予報もしてくれる。

「東の方で湿った匂いがするな。もうすぐ雨雲がこちらに来る。城の中に入ろう」と。

そんなガーシュインが、ある日突然熱を出した。

リンリンとランランはもちろん子供部屋に隔離され、ガーシュインは、家族がいつも眠っているベッドの上で、熱い息を繰り返し吐いていた。

「ガーシュ……」

愛しい者が風邪をひいたのだ。

大きなベッドの真ん中で、苦しそうにしているガーシュインに、そっと寄り添い、サナは額のタオルを変えたり、砕いた氷を口移しで与えたりした。

汗で濡れたパジャマを着替えさせ、鬣《たてがみ》を梳《す》かしてやり、また彼が眠るとサナは隣にそっと寄り添った。

　すると、急に抱き寄せられて、サナは目を瞬《しばたた》かせて驚いた。

「どうした？　ガーシュイン、どこか痛むのか？」

　心配になって訊くと、ガーシュインは大きく頭を振った。

「そうじゃない」

「じゃあ、どうした？」

「いや、俺はいつもお前に支えられているな……と」

　自嘲の笑みを浮かべたガーシュインに、今度はサナが大きく首を振る。

「そんなことはない。俺はお前がいてくれるから生きていけるんだ。そのピンクの鼻が可愛くて、毎日毎日生きていけるんだ！」

「鼻ぁ!?」

　思ってもいなかった言葉が返ってきたのだろう。ガーシュインは素っ頓狂な声を出した。

「そうだ。お前の鼻は貴重だ。しっとりとしていて、少しひんやりとしていて、触られるのは苦手らしいが、俺が頼めば気が済むまで触らせてくれる。キスもさせてくれる。そんなピンクの大きな鼻が、俺は大好きだ！」

「それは喜んでいいことなのか？」

「もちろんだ」

「確かサナは、俺の肉球も好きだったよな」

「あぁ」

ベッドの上に座り、真摯《しんし》に答えるサナに、ガーシュインは意地悪をしてみたくなった。

「それじゃあ、俺にピンクの鼻も肉球もなかったら惚れなかったか？」

「いや、惚れていた」

真っ直ぐな答えがガーシュインをドンッと射抜いて、熱が一気に下がった気がした。

「鼻も肉球もないってことは、俺は人間だったのかもしれないんだぞ？」

「人間だろうと獣人だろうと関係ない。セントガイナで本気で俺に惚れて、一所懸命口説いてくれたのは、ガーシュイン・アル・セルドバルトだけだろう？　ガーシュインはガーシュインであって、何者でもない。俺のかけがえのない存在だ」

「そうだな」

クスクス笑ったガーシュインは、急に熱も下がったようで、元気になった。

「なぁ、ガーシュイン。鼻に触らせてくれ」

「今？」

「今」

「熱を出していたからな。あまり状態は良くないぞ？　サナが満足できる触り心地かどうか……」

ガーシュインがそういう前に、サナは彼の鼻にキスをしていた。

そして彼の大きな身体に乗り上げて、擽《くすぐ》ったそうにするガーシュインの鼻や肉球を思う存分堪能する。

（でもな、ガーシュイン）

サナは心の中で思った。

本当に好きなのは、そうやってピクピク動く長い髭《ひげ》なんだよ……と。


リンリンもランランもガーシュインの長い髭が大好きで、よく引っ張っては困らせている。けれどもサナも、夫の長くて立派な髭が大好きなのだ。

彼には言っていないが、何より雄弁なその髭に惚れて付き合ったのだと、いつか教えてやろう。

恥ずかしくてまだ言えないけれど、二人で老いて、天国への階段が見えた時。

ガーシュインの髭に惚れたんだよ……と、彼の大きな耳に吹き込んでやろう。

何よりも深くて何よりも強い愛情とともに。

《おわり》

Special Contents

表紙イラスト案

楽しい時間を
過ごせますように。

挿絵イラスト案

あとがき

皆様、初めまして。柚月美慧と申します。この度は『金獅子王の寵愛オメガは笑わない』をお手に取ってくださり、ありがとうございます。

「これまでのエクレア文庫にない、エッジの効いた話を書いてほしい」と編集長さんに言われ、このお話は生まれました。

まず、『笑わない』というキーワードが頭に浮かびました。どんなに美人でも、笑わない人って、気になりますよね。

そして強い人。メンタルもケンカも強い人。戦える受けという、これまであまりなかった設定が浮かびました。

こうして燃えるような赤い髪を持ち、美しいエメラルドグリーンの瞳で戦場に立つ主人公、『サナ』が生まれました。

『ガーシュイン』は、包容力の塊のような獣人にしようと決めていました。なぜならサナが自由な性格だったので、それを受けとめ、許せる人物でないと話が崩壊する……と思ったからです。

しかし、包容力だけではなく腹黒い。

自分や、周囲の人の幸せのためなら、血を流しても構わない恐ろしさもある。

そんな二面性があるキャラクターを書いてみたくて、作り上げた獣人でした。

『リンリン』はとにかく可愛くて、マスコット的な存在にしたかった。でも何か個性を持たせたくて、私の実姉有平《ありひら》宇佐《うさ》のキャラクター『遥ちゃん』が使う、独特な言い回しをさせたらピッタリハマったので、許可をもらい、遥ちゃんにはリンリンの養育係になってもらいました。

気になった方は、BL投稿サイトfujossyさんで『僕はキャベツじゃない』という作品に遥ちゃんが出てきますので、ぜひそちらも読んでみてください。

そして神がかったほど美しいイラストを描いてくださった、にむまひろ先生。実はTwitterのDMで何気ない会話をしていた時に、「獣人描ける?」と聞いたところ、「描ける」というお返事が返って来たので、お願いしたのでした。まひろちゃんにイラストをお願いして、本当に良かったと思っています。ありがとうございます。そしてまたよろしくお願いいたします。

また、編集者の村田波瑠香《むらたはるか》さん始め、この本が書店さんに並ぶまでにご尽力くださった皆様に、厚く御礼申し上げます。

最後になりましたが、この本を手に取ってくださったあなたに、最大級のありがとうございます♡を。

これからも精進して参りますので、どうぞよろしくお願いいたします。

それではまた会えることを楽しみにして。

柚月美慧

エクレア文庫をお買い上げいただきありがとうございます。
作品へのご意見・ご感想は右下のQRコードよりお送りくださいませ。
ファンレターにつきましては以下までお願いいたします。

〒162-0814
東京都新宿区新小川町4-1 KDX飯田橋スクエア3F
株式会社MUGENUP エクレア文庫編集部 気付
「柚月美慧先生」／「にむまひろ先生」

エクレア文庫

金獅子王の寵愛オメガは笑わない

2021年7月6日　第1刷発行

著者：柚月美慧

発行人　伊藤勝悟
発行所　株式会社MUGENUP
〒162-0814 東京都新宿区新小川町4-1 KDX飯田橋スクエア3F
TEL：03-6265-0808（代表）　FAX：050-3488-9054
発売所　株式会社星雲社（共同出版社・流通責任出版社）
〒112-0005 東京都文京区水道1-3-30
TEL：03-3868-3275　FAX：03-3868-6588
印刷所　株式会社暁印刷

カバーデザイン◉spoon design（勅使川原克典）
本文デザイン◉五十嵐好明

Printed in Japan
ISBN 978-4-434-29203-3